蝴蝶為花醉

Butterfly is drunk for flower

蒔——著

目次

第一章

1. 柯向禹

吵雜、熱情的招呼聲，是我對這座城市的第一印象。

阿姨走到後車廂，說：「向禹，葉陽，你們的行李趕快來拿！」

「好的，媽。」葉陽聞言便走過去幫忙把行李拿出來。

而我依舊站在原地，仰望著這座城市，看著湛藍的天空，目光被這樣的景色吸引過去。

「葉太太，妳們來啦。這兩個男生是妳兒子是吧？」隔壁走出一個老太太，她看到我們三個，便走過來打招呼。

「是啊。請多指教摟，人生地不熟。多關照了。」阿姨笑著說。

其實，阿姨真正的兒子是葉陽，葉陽大了我一個月，而葉陽的性格就跟他的名字一樣，溫暖，又陽光，時常帶著微笑。

然而我的爸媽其實在我小的時候就過世了，於是小時候也都是跟媽媽生前最好的朋友，葉陽的媽媽在照顧我，也就是所謂的養母。阿姨跟我媽媽情同姊妹。從小感情就很好，她也表示我也是她的小孩，幫忙照顧根本沒有什麼。然而也在葉陽小時候，阿姨跟她前夫也離婚了，一個女人扶持兩個孩子長大，是非常不容易的一件事情。

葉陽跟我從小就跟親兄弟一樣，他就像是我的哥哥般很照顧我。使我在成長的路上可以獲得完善的照顧，一直都讓我心懷感恩。

整理好房子之後，葉陽拍了我的肩膀，「好啦，來到了新的環境，你就別想太多。」

「……抱歉，因為我，你跟阿姨其實可以待在原本的地方的。」我垂下眼。

「這沒什麼啦。」葉陽微微勾起嘴角，「幸好我們程度不錯，不然轉學多麻煩啊。何況這裡本來是我高中畢業要跟媽媽搬回來的，只是提早一年罷了，倒是你，別再亂想了好嗎？」

之後我走上二樓，打開我房間的門，裡頭只有一張床、一個衣櫃及書桌，環境簡單無比。隨後我拖著行李箱走了進來，開始整理房間內的東西。

一張紙從我背包裡滑了出來，原先在整理東西的我，看到那張紙，微微一愣。

轉學證明書。

前治高中，二年四班，7號，柯向禹。

轉學原因：強制轉學。

現在是暑假期間，結束之後，我跟葉陽就是高三的學生，也要在新的學校度過高中最後一年。

「阿姨。」我走到客廳，看著阿姨忙進忙出的，見她這樣，我還是決定不打擾了。

「向禹，怎麼啦？」阿姨最後還是看到我了。她似乎看穿了我的心思，「你想彈鋼琴是嗎？」

我頓了一下，之後輕輕點頭。

「去吧。不過那間教堂你還記得在哪嗎？」阿姨說道。

「記得。」畢竟小時候來過。

這裡的空氣非常的好，不像在原本居住地的時候，出門都要帶著口罩。

出門時一隻蝴蝶在我眼前飛過，我順著牠飛翔的地方望去，牠是飛往不遠處的，一片花海。

「向禹！」

我聞聲往後一看，葉陽微笑朝我跑來。

「去彈鋼琴幹嘛不找我陪你去？」葉陽問。

「想說我可以自己去。」我偏頭，「可是你去會很無聊吧？」

「我可以當你的聽眾啊。」葉陽笑著說。

從小，我就喜歡彈鋼琴，每當在學校或者說在可以彈鋼琴的地方，葉陽永遠都是坐在我旁邊傾聽的那一位。

我跟葉陽從小就生活在一起，可說是比親兄弟還親了。儘管我們個性天差地遠。

我們走到了教會，聽聞教會的阿姨說二樓有鋼琴，於是我們就走上了二樓。

二樓的門一打開，空蕩的空間裡只有幾張桌椅，然而角落有一台白色鋼琴。

「鋼琴滿新的呢。」葉陽讚嘆著。

我坐下掀開了琴蓋，隨後試談了幾個琴鍵。

「向禹啊，你將來大學是不是要走音樂系的部分？」葉陽問。

「是啊。」我邊彈邊微笑說：「畢竟在鋼琴裡，我可以得到片刻的寧靜跟安心。」

葉陽眼光微微黯淡下來：「我至今還是替你感到不值。」

為那件我被強制轉學的事情感到不值，是嗎？

『向禹，我真的很抱歉！』

『我不能因為這件事情影響我的人生啊！你不是一直最清楚的嗎！』

是的，我很清楚。

在轉學來這裡之前，我跟葉陽還有一個共同朋友，楊勝賢。

我們三個算是從小一起長大的，楊勝賢是家裡的獨子，父母年近五十才生下他，所以所有的寄望，都像是重擔般，砸在他身上。

也因為寄望太重，楊勝賢過去只要在學校沒有拿到第一名，將會換來比毒打更難受的，是冷言冷語的奚落。我跟葉陽最清楚了。

「向禹……我錯了，我真的是因為忍無可忍，所以才……」那一天，楊勝賢慌張的朝我跑來，哭著說因為他這次小考輸給了班長，所以偷走了班長的手環，結果被班長發現東西不見了，於是跟班導反應，班導表示等下班會課要檢查書包，請偷東西的同學有良心的話，主動去找班導認錯。

看著眼前的好友如此害怕，萬一偷東西這件事情傳到他父母耳中，他會受到怎樣的對待？

畢竟我是曾經目睹過楊勝賢的父親如何在他們家門口毒打他的。

「手環給我吧，這個我先替你扛。」我伸出手。

「向、向禹？」他倒是愣住了。

「放心吧，我頂多被記警告而已。」我莞爾：「如果是你被抓到，下場會更慘吧？」

楊勝賢羞愧的熱淚盈眶，最後，他躲過的這個偷竊風波，我是被勞動服務兩小時。

當然班長不相信是我偷的，甚至私下還來問我，為什麼要這樣做？連葉陽也不解。

「向禹，明天你要去新學校報到，要早點睡知道嗎？」阿姨這時敲門拉回了我的思緒。

「知道了。」我點頭回應。

「要高三了，高中最後一年，大概是不會引起什麼麻煩。」阿姨心疼的說：「只希望你可以順利的朝你夢想前進。你爸媽才會安心呀。」

「阿姨，我知道了。我會讓妳放心的。」

阿姨離開之後，我呆坐在床上，儘管房間內一片漆黑，我也依然沒有睡意。

我打開手機，自從意外發生之後，楊勝賢沒有再跟我聯絡。

而我也沒有立場跟他聯絡。

只是十多年來的友誼，居然在那時候化成泡沫。

2. 薛玉棠

「薛玉棠！下樓吃飯！」

原先在讀書的我，聽到媽媽喊了我，於是伸了一下懶腰，隨後把書本闔上。

走到飯廳，我看到哥哥幫忙擺碗盤，媽媽端出了最後一道菜。

「哥，我來就好了。」我接過哥哥手上的碗筷，默默的整齊放在餐桌上。

爸爸沒多久也下了樓，媽媽看到他，口氣溫和的說：「吃飯了。」

「嗯。」

這個暑假過完，哥哥要升大四，而我要進入高三那水深火熱的日子。

媽媽希望哥哥跟我可以在同儕之間課業相當的傑出，哥哥當然沒有讓人失望，而我也很努力的做好媽媽的期望，只是，我在學校排名雖然都有前五，但始終跟第一無緣。

我知道自己的實力在哪裡，有時候也會因為媽媽那高壓的期望使我喘不過氣。

但我知道，我只能就是繼續讀書讀書再讀書。

因為爸爸跟媽媽是大學教授，只是爸爸還有在國外進修，所以一個月他會回來幾天。

看到爸爸在用手機查班機，媽媽率先開口：「下午五點有一班，你飛過去剛剛好。我早上就幫你查過了。」

「好。」

「玉棠，明天就要開學了，今天晚上十點前就要睡覺，知道嗎？」媽媽如此說道。

「是，我知道。」我順從點頭，餐桌上的寧靜氣氛，有時候讓我倍感壓力。

爸爸跟媽媽之間的氣氛，即使現在是夏天，我卻覺得身處在冰窟。

一旁的哥哥也是默默的吃著飯。

我邊吃飯邊思考事情，明天開學，免不了是進入高三的水深火熱的煉獄，以及還有最重要的……決定未來的出路。

「是是是，沒問題，我明天帶我女兒去您的補習班參觀參觀。」吃完飯之後，我把碗盤放在洗手槽裡，我就聽到了媽媽拿著手機如此客氣的說道。

我嘆了一口氣，我上禮拜才剛離開原本的補習班呢。

其實原因也很簡單，因為我的成績還是達不到媽媽要的標準。

媽媽四處詢問，有沒有名師的補習班，只要看到門口上的榜單貼滿這個牆壁，她二話不說直接進去跟補習班老師報名。

媽媽、爸爸甚至是哥哥，都是從最高學府畢業出來的，媽媽力求完美，她的孩子一定要用好的、功課也要最好。爸爸反而是希望我們孩子可以做想做的事情，之前還會因此跟媽媽起了些爭執。

「我當年就是沒錢讀書，只能靠自己！鈺賢跟玉棠可不一樣了，我們現在有錢，當然要送他們到最好的學校學習，什麼狗屁專長，現在社會現實的很，你若不比別人厲害，你注定是輸家！」媽媽嚴厲的反駁爸爸。

哥哥從來沒有反抗過媽媽，只是努力的、默默的達成媽媽的願望，所以他自然的不用媽媽替他操這份心。

現在社會還是有如此高壓的家庭環境在的，我在這環境下生活了將近十八年，連我有時候也很感到不可思議，我是怎麼熬過來的。

「碗我洗就好，妳回房間讀書吧。」媽媽走過來，半推著我。

「……好。」我乖巧點頭。

正要回房間的我，看到爸爸在整理行李，其實爸爸也不常在家，一個月回家幾次，久而久之，我們之間的距離似乎變得有點遙遠。

「爸。」我喚了他，他回眸，對我微笑。

「聽媽媽說是下午五點的班機，你現在就先整理了嗎？」

「反正也沒有什麼事情做，就先整理行李了。」爸爸拍了拍我的頭，微笑著：「好快，轉眼間，妳要十八歲了。」

「是啊。」雖然猶豫了一會兒，但我還是抱著爸爸。

「玉棠，」爸爸說：「撐不下去的話，就別撐了。」

我明白爸爸的意思，在家裡，媽媽總是特別的強勢，強勢到到最後反而變成了無理取鬧，所以之後爸爸回來家裡，通常也跟媽媽說不上話。

「爸，我沒問題的。」我說。

家裡親戚即使不是最高學府畢業，起碼也有半山腰程度，就如同我在學校不是頂尖的前三名，但前十名也跑不掉。

媽媽不滿意，而我也只能繼續努力。

最後我跟爸爸說要好好照顧自己，然後回到了房間。

坐在書桌前，我拍了拍自己的臉頰，跟自己信心喊話：「薛玉棠，妳可以的！」

🦋 🦋 🦋

手機的鈴聲使我從睡夢中醒來。我睡眼惺忪的坐起身，把手機鈴聲關掉之後，就坐在床上發愣了一會兒。

「玉棠！」媽媽拍著我的房間門：「醒來了沒？」

「醒來了！」我花費了些許的力氣回應，最後覺得精神來了，於是下床刷牙洗臉。

今天是開學日，也是升上高三的第一天。

刷牙完，也整理好書包跟制服的我走下樓梯，媽媽說：「今天媽媽要早點到公司開會，所以妳今天要自己坐公車去喔。」

我吃著現烤的吐司夾荷包蛋，默默點頭。

「先走了，妳也別再拖拖拉拉的了，吃完就趕快去搭公車，不要開學第一天就遲到了。」媽媽說完便拿起包包，頭也不回的離開家。

門一關上，我也把剩沒幾口的吐司吃完，然後拿著書包離開。

我看著手機上的時間，公車還有一分鐘就入站，我站在公車站牌下等著，我看著天空，此刻的發呆時間，對我而言真是幸福的時光。

公車逐漸駛近，我揮了揮手，車子便在我面前停下。

「你好。」我對司機打招呼，之後翻找書包裡錢包，但不論怎麼找，我都找不到錢包！悠遊卡也放在錢包裡，所以我不只沒帶錢，也沒有卡！

開學第一天，我居然造成這麼尷尬的場面。

「同學，妳沒有卡是嗎？」司機客氣的問。

然而車上同學都一直看著我，如果此刻地上有坑洞，我絕毫不猶豫的鑽進去。

「抱、抱歉，司機，我可不可以上去看看車子內有沒有認識的人？」我不好意思的說。

司機看了看手錶，僅說：「一分鐘。」

這個司機人真的是太好了！我如此想著，也趕緊跨上樓梯，看看公車內有沒有認識的同學。

站上去的那一刻，我失望了。

全部都不認識。

但是我這樣走下去又有點尷尬，看來，只能隨便問一個了。

我的目光掃了車內一輪，最後停在一個站在窗邊、帶著耳機的男同學。

我抿了唇走上前，拍了拍他的肩膀，他先是愣了一下，之後拔下了耳機，不解的看著我。

清秀俊美的臉龐，是我對他的第一印象。

「同學，不好意思，」我勉為其難的說：「你可不可以……借我錢？」

對方當然先是一臉傻眼，但是他卻什麼話都沒有說，司機卻開始催促了：「剛剛那位女同學，妳有遇到認識的同學了嗎？」

「我、我……」正當我喪氣的準備要下車時，那個男同學竟然掏出了五十元到零錢箱，僅說：「我幫她付了。」

語畢，他卻再也沒有看我一眼，只是把耳機給戴上。

我居然尷尬到連謝謝都忘了說，於是公車到達學校我就立刻下車。

走進學校之後，我的臉頰溫度依舊很高，遲遲都未退去。

薛玉棠！妳到底是哪裡來的勇氣啊！我邊走邊回想剛剛的畫面。

「玉棠！薛玉棠！」

我聞聲回頭，白苡禾微笑的朝我跑來。

「妳變得更漂亮了喔！」她第一句話居然就是這個。

「什麼啊，開學第一天妳嘴巴就那麼甜？」我笑著調侃。

「我說的是真心話。」她搖了搖手指。

我笑了一聲，沒有說話。

「妳暑假過的還好吧？」她擔憂的看著我：「妳那魔鬼媽媽一定把妳逼在書香世界裡死死的吧？」

白苡禾是我最好的好朋友，她也知道我家裡的狀況，而她跟我不一樣，她很明白她高中畢業之後要去讀觀光系，而她的家人也尊重她的意見。

我微微皺鼻子，說：「沒禮貌，什麼魔鬼媽媽。」

「我覺得妳媽真的好可怕，雖然之前去妳家玩的時候她很親切，但她有意無意在暗示妳等等要去讀書這個部分，我有點覺得受不了。」白苡禾說。

「習慣就好。」我笑著說。

白苡禾拍了拍我的肩膀，之後看似想起了什麼，於是說：「玉棠，我每天早上都會看今日運勢的占卜。」

「我知道哇，」我點頭，好奇地問：「有說今天回發生什麼事情嗎？」

「有！當然有！」白苡禾興奮的說：「占卜今天說，今天的運勢很特別，不管如何，都會遇到驚喜，甚至還說魔羯座的還會遇到桃花，也就是我今天會遇到桃花欸！天啊！」

「我們現在是學測生，談戀愛好嗎？」我笑著說。

「我說句老實話，沒談戀愛也還是不會讀書啊！」白苡禾不以為意的說：「談戀愛會影響課業？才怪，我姊說她在高三遇到她的初戀男友，她的課業瞬間從吊車尾衝到前十名，妳看看，誰說談戀愛會變笨的？誰？」

我笑了笑，談戀愛這檔事，我還真的都沒有想過呢。

「然後我跟妳說……」白苡禾講話太過興奮，在我提醒她之前，她就因為走路沒有好好看路，撞上了前方一個男生的背。

「對、對不起！」白苡禾趕緊道歉。

「沒關係。」前方的男生轉過頭來，馬上使白苡禾倒抽一口氣。

「媽呀，我還真的遇到帥哥……」白苡禾邊走邊回頭看。

「妳走好，不然到時又撞到別人。」我叮嚀著。

來到班上之後，班上的同學各自做各自的事情，有的人在讀書，有的人在聊天，以一群女生為首的魏青茹那群更是在討論哪個唇蜜最好用。

「各位同學，早自修請大家坐好啦。」班導這時走進了教室，我們班導叫吳東亮，今年才二十八歲，是教國文的，也是菜鳥老師，也就是說，我們班是他出職場，踏入教育界之後接到的第一個班，因為年齡相近也比較有話聊，所以從高一到現在，他跟我們班上的同學相處的非常融洽。

「東哥難得早自修會過來。」坐在我旁邊的白苡禾如此說道。

「今天班上會來一位轉學生。雖然已經高三了，希望你們可以在最後一年，好好地跟這位轉學生相處吧。」班導微笑說道，之後對著外面揮了揮手，像是意示轉學生走進來。

全班都很好奇，在這個時間點，居然還會有人轉學過來，包括我，也屏息等待這個轉學生的真面目。

一個長相清秀、身高大概有一七五公分以上的男生走了進來，等等，他好眼熟，我怎麼在哪裡看過？

那個男生站在講台上，看著台下每一位同學，最後目光對到我時，也短暫停留了一下。

在眼神交會的那一剎那，我終於想起來了！

他就是在公車上借我錢的那一位學生！

他居然是轉學生？

我不可置信的看著他，連旁邊的白苡禾跟我說他長得很帥我也沒有聽進去。

「新同學，你叫什麼名字呢？」班導問。

那個男生聞言，之後緩緩開口。

「我叫柯向禹。」

3. 柯向禹

今天早上原本要跟葉陽搭同一班的公車，但那班車已經客滿，於是我讓葉陽先上車，而我就等五分鐘後的那班。

我戴上耳機，也留意一下公車是否已經來了。

公車駛來，我刷卡上車之後，便站在窗戶附近，看著隨著車子發動而流逝的景色。

搬來這裡有一陣子，但是還是不完全熟悉附近的環境。

也不知道去到新的學校，在高中的最後一年，是否可以安然的度過。

然而過了一下子，我的肩膀突然被人輕拍了一下。

我轉頭過去看，也拔下耳機，發現是一個臉色有點慌忙的女孩，我還無意間看到繡在她制服胸口的名字：「薛玉棠。」

「同學，不好意思，」她說：「你可不可以……借我錢？」

我狐疑的看著她，怎麼突然要跟我借錢？而且我也不認識她，這樣的要求一開始我覺得有點突兀。

後來司機大哥的聲音也隨即響起：「剛剛那位女同學，妳有遇到認識的同學了嗎？」

「我、我……」她支支吾吾的說，之後垂頭喪氣的準備走下公車，原來她是沒錢坐公車。於是我便直接從錢包拿出了一枚五十元硬幣，幫她投進零錢箱。

「我幫她付了。」我簡單的說，之後再度戴上耳機走回窗戶旁。

但我沒有錯過她詫異的眼光。

「三聖高中，即將入站。」公車的跑馬燈閃了過去，眼前學校即將要到了，我把耳機收了起來，準備下車。

名叫薛玉棠的女孩站在最門口的地方，背對著我，從剛剛上車到現在，她的背挺得很直，沒有回頭過。

公車門一打開，薛玉棠第一個下車，在我下車時，她就已經進了校門，跟一個女生有說有笑的走在一起。

看著這所高中的建築物，果然是這個地區最好的高中，相當的有格調，學生也滿自律，服裝儀容部分挺統一的，不像之前在前治高中的時候，大家都可以隨心所欲的穿自己喜歡的外套。

走進中庭，我看到葉陽看著一個方向，然而我走過去的時候，發現那邊沒有人。

「你在看什麼？」我上前問。

「喔，沒啦，只是剛剛有一個女生撞到了我的背。不過她們感覺好像也是高三的學生。」葉陽說。

「是喔？」

「對呀，啊，我們該去報到了對吧，我們快去吧！」葉陽就這樣拉著我的袖子離開中庭。

一路上我都跟在葉陽後面，葉陽轉過頭，說：「向禹啊，待會主任問你轉學原因，你就直接說搬家就好。」

我聞言失笑，明白葉陽擔心我被刁難，於是我說：「就算我不說，主任還是知道的，畢竟我已經有紀錄了。」

但是葉陽不是強制轉學，他是自願跟著我走的。想到這裡，心還是不免感到沉甸甸的。

我跟葉陽還有楊勝賢在前治高中時是同班同學，我們三個人很常一起打球、吃飯、聊天。如今那場意外發生後，葉陽很仇視楊勝賢，三個人的時光一去不回。

現在的我，盡可能不在葉陽面前提到他。

教務處三個大字映入我們的眼簾，葉陽說了句報告之後，我就跟著他走了進去。

「啊，是葉陽還有柯向禹是吧？」一個帶著眼鏡的中年男子如此說道：「歡迎來到三聖高中，雖然在高三轉來的學生非常的少，但看過你們的之前在校的成績跟表現倒是不錯。我是教務處主任，趙天詳。」

「主任好。」我們異口同聲的說。

之後有個女老師上前，微笑說：「請問誰是葉陽呢？」

「老師妳好，我就是葉陽。」

「你好，我是一班的導師，也是你的新班導。」那名女老師如此說道，對我還有教務處主任點頭之後便帶著葉陽轉身離開。葉陽離去前還回頭看我，而我只是微笑揮手。

「你就是向禹是吧？」主任問。

「是。」

「你被分配到二班，吳東亮老師那一班。他開完會之後會來帶你到新班級，請你在這裡先坐一下吧。」教務處主任如此說道。

而我瞥見放在桌上的資料，那正是我跟葉陽在前治高中時的在校表現。

既然如此，他們也一定知道，我是被強制轉學過來的。

雖然也早已做好心理準備，要面對師長同學之間的流言蜚語。

「嗯，轉學過來的嘛。」教務處主任特意沒有說明是什麼原因，只說：「最後一年，就好好過完吧。」

之後門一打開，一個很年輕的男老師走過來問：「聽說柯向禹同學已經來了嗎？」

「是是是，吳老師，他在這。」教務處主任站起身，之後拍了拍我的肩膀，說：「他就是你的班導，跟他走吧。」

班導看到我，便露出親切的微笑，「你好呀，新同學。」

「老師好。」我微微點頭。

「沒想到還那麼有禮貌……？」教務處主任喃喃說道，但之後他立刻咳了一聲，說：「早自修快開始了，同學你先跟老師走吧。」

跟著班導走出教務處之後，我跟他就這樣並肩走在一起。路過的學生都好奇地看著我，而我不以為意。

「你叫向禹，是吧？」班導開口。

「是。」

「我們班的同學都很可愛，相信你可以跟他們打成一片的。」班導思索了一陣，說：「不過向禹，待會兒自我介紹的時候，想必有同學會問你，你為什麼會轉來……」

「就是強制轉學。」我淡淡接話。

「不、不是。」班導趕緊打斷：「年輕人，說實話雖然不是壞事，但是太直白也不太好。」

我狐疑的看著他，他搔著頭，思索該如何接話。

「別說是你，老師我年輕的時候也幹過很多奇奇怪怪的事情，年輕人嘛，是不是。」班導用他手肘頂了頂我的手臂。

「偷過東西，」我吶吶開口：「還有打架那些，還能說只是奇奇怪怪的事情嗎？」

班導頓了一下，之後說：「我覺得你不是那樣的孩子。」

我微微一愣，對上班導那清澈的眼光。

「哈哈哈哈哈，」他爽朗的笑，「柯向禹，我看人其實都很準的，我覺得你啊，是一個很多故事的人。同時也是心房不會完全開啟的人。」

我依舊愣愣的看向班導，班導那爽朗親切但不探究的性格，以及他剛剛的那段話，讓我有點意外。

「畢竟高三才來的你，我會比較想瞭解你，歡迎你來導師室找我聊天，嗯？」班導笑著說。

我聞言嘴角微微一勾。

「笑了啊？這樣有沒有比較輕鬆一點？面對新環境的不安有沒有減輕？」班導笑著說，然而三年二班的教室也越來越近。

班導先走進去，我在教室門外等，裡頭的學生原本是吵鬧的，在他走進去之後也安靜了下來。

「今天班上來一位轉學生。雖然已經高三了，希望你們可以在最後一年，好好跟這位轉學生相處吧。」班導如此說道。

裡頭的學生再度議論紛紛，我微微搔頭，心想以平常心面對新環境，但發現自己還是做不太到，還是有點緊張跟焦慮。

看到班導朝我揮手，我抿著唇，走進了三年二班。

台下的學生都好奇地看著我，不過在我看到左邊的位子時，有個女孩如此熟悉，使我在她身上多停留了兩秒。

那個女孩也是用訝異的眼光看著我。

「新同學，你叫什麼名字呢？」班導笑著問。

對上班導的眼睛，我之後重新看向台下，說：「我叫柯向禹。」

「好，那你坐左邊第一排最後一個位子，坐在薛玉棠同學的後面。」班導指了指那個空位子。

4. 薛玉棠

萬萬沒有想到，在公車上遇到的男生，居然變成我的同班同學，更讓人想不到的是，班導居然把那個名叫柯向禹的男生安排在我後面的空位子。

「欸，妳後面坐著帥哥呢。」白苡禾還不識相的開著玩笑，還被我拍了一下大腿。

柯向禹點頭之後便走下台，在同學好奇注視下，他朝我方向走來。

接著聽到後方的椅子被拉開的聲音，但是我都不敢往後看。

不行，至少要先把五十元還給他！

「新同學，你好呀。」白苡禾倒是直接轉過頭跟他打招呼。

「妳好。」柯向禹也回應，然後他的嗓音卻意外的好聽，跟清澈。

之後白苡禾轉了回來，低聲說道：「還滿有禮貌的欸。」

下課鐘聲響起，白苡禾表示要去福利社買東西，拉著我一起去，之後我無意間轉過頭看向坐在後面的他。

「那個，柯向禹。」即使尷尬，我還是開口叫了他的名字。

原本在滑手機的他抬眸看向我，禮貌性的微微一笑問：「嗯？」

「那個，沒有想到我們是……同學。」我尷尬的笑，但內心倒是想宰了自己，到底是在亂七八糟的說什麼？

「對了！謝謝你今天幫我付了公車錢。我、我明天一定會把五十元還給你。」我說完要離開座位時，他卻叫住我的名字。

「薛玉棠。」

「怎、怎麼了？」

「妳知道……哪裡有鋼琴嗎？」

「鋼琴？」我思索了一陣，之後想到一個地方：「三樓的音樂教室一直都是開放的，剛好有鋼琴。」

「三樓是嗎？我知道了，謝謝妳。」

「不客氣。」我繞了繞手指，最後還是問：「那個，你怎麼知道我的名字？」

柯向禹看向我，之後用手指指著他自己的胸口。我也下意識看向自己的胸口，上面有三個字：「**薛玉棠**。」

看著他的動作，我瞬間明白他的意思了。

因為我們都是把名字繡在胸口，以便師長找人。

三年來一直都待在這間學校，繡名字已經是高一時的事情了。

所以在公車上，或者是剛剛在講話的時候，他就看到了我的名字。

「原來如此。」我說道。

「玉棠！」白苡禾站在門口叫住了我。

「來了！」我趕緊過去她那兒，不然再晚一點過去，福利社就會變得非常多人。

「看不出來，妳居然會去找轉學生攀談。」白苡禾一邊喝著剛剛買來的麥香紅茶一邊說道。

「不是的……」我娓娓道來，說：「其實是因為我今天坐公車忘了帶錢包，悠遊卡也放在錢包裡，就沒有錢坐車，幸好司機人不錯，願意給我時間上去找有沒有認識的同學幫我，結果都沒有遇到認識的，然後我就剛好看到他，在時間的緊迫之下，我就開口跟他借了。」

「結果他就直接借妳？」

我點頭，「所以我跟他說我明天會還他錢。」

「他感覺人不錯欸，而且不知道妳有沒有發現，他的氣質跟班上一些臭男生不一樣，他顯得比較安靜，也比較有氣質。」白苡禾說。

聽了白苡禾說的話之後，我想起先前柯向禹當時問我的問題。

『妳知道……哪裡有鋼琴嗎？』

他喜歡彈鋼琴是嗎？

正要走到教室時，白苡禾突然興奮的拉著我的袖子，使我有點茫然：「怎麼了？」

「那個在門口跟柯向禹聊天的那個男生！不就是我早上撞到的那一位帥哥嗎！」白苡禾興奮的說。

我定睛一看，還真的是他欸。他跟我們一樣都是高三生？

他跟柯向禹一樣是轉學生嗎？

「欸不知道妳們有沒有聽說，那個新來的是問題學生欸。」這時後方突然出現另一個女生，唐孟婷，她一開口我跟白苡禾都嚇了一跳。

「妳才有問題！誰會在別人後面講話的！」白苡禾沒好氣的說。

唐孟婷平時跟我們交情也算不錯，下課偶爾也會聊天中午也會一起吃飯。不過剛剛她那段話引起了我的好奇，於是我問道：「孟婷，妳剛剛說的是什麼意思？」

「我一直都覺得很奇怪，到底有誰會在高三還會轉學過來的，」唐孟婷說：「直到剛剛我去導師室時，剛好聽到東哥跟一班班導的對話，因為一班也有轉學生，但是他是因為搬家，而我們班這一位，聽說是在上一所學校闖禍才會被強制轉學。」

「是這樣嗎？但是柯向禹不像是這種人啊。」我說。

「阿災，然後聽說他們兩個是兄弟，一班那個大概是陪他轉來的吧。」唐孟婷如此說道。

唐孟婷先進去了教室，我依舊站在原地，看著跟那個男生聊天的柯向禹。

「雖然不確定唐孟婷說的話是真是假，但是還是聽聽就好。」白苡禾如此說道。

「是啊。」我看向柯向禹。

「原來那位帥哥竟然是轉學生，難怪之前都沒有看過這個人！」白苡禾興奮的走過去。

「等等，妳要幹嘛？」我跟在她的後方問道。

「占卜說我今天有戀愛運，機會在眼前，不把握是白癡。」她頭也不回的回覆我這句。

正當跟那個男生說話的柯向禹看到我們走過來，而白苡禾卻先點了那個男生的肩膀。

「你好啊。」白苡禾微笑回應。

「同學，妳好。」那個男生也禮貌性的點頭。

我仔細看了看這個人，他雖然跟柯向禹很好，但兩個男生卻是不同的類型。

柯向禹看起來就很安靜，長相算是清秀柔和的類型，給人的氣質比較像雪。

然而這個男生也長得不錯，五官立體，是陽光型的男生。

高三生活第一天，就來了兩個可以說是天菜的男生了。

「真巧，我們早上有遇過，只是很抱歉，當時不小心撞到你。」白苡禾溫和說道。

「不不不，是我比較抱歉，站在人多的地方，我叫葉陽，妳呢？」葉陽客氣的問。

原來他叫葉陽，連名字聽起來都那麼陽光。

「我叫白苡禾，她是薛玉棠。」還真有義氣，在帥哥面前還記得要順便介紹我這個朋友。

此刻我跟柯向禹的眼對上，但他下一秒就移開目光。

這時上課鐘聲響起，葉陽對柯向禹說：「我先回教室了。」

「好。」

柯向禹走進教室之後，我跟白苡禾也進了教室。

才剛坐下來，媽媽就傳了這則訊息給我。「放學我會來載妳，在門口等我。」

其實我大概有猜到目的了。

「怎麼了？嘆了一口大氣。」白苡禾問。

「我媽說她放學會來載我。」

「喔，這樣妳不用擠公車啦。」

「不是這個問題……」我無奈的說：「她今天要帶我去補習班看看環境。」

「什麼？妳又換補習班了嗎？」

「是啊，每當我成績她不滿意，她都會換一間。她找得不累我都累了呢。」我苦笑著。

「真是辛苦妳了呀。」她如此說道，而我只是微笑搖頭。

「明天見！」放學時刻，白苡禾走到門口便揮手離開。

我在原地等著媽媽過來，然而我也看到柯向禹跟葉陽一起走出校門口。

兩個人的身高也差不多，只是葉陽比柯向禹高了一點。

過了一會兒，媽媽開車駛來，我見狀也趕快打開車門進去。

「跟那個老師約五點半，我們得提早到才行。」媽媽邊開車邊說：「那個補習班可是我透過關係找到更好更資深的補習班，個個都上了名校。學費不是重點，重點是要讓妳進到最高學府，出社會才不會被淘汰。」

聞言我的胃微微抽痛了起來，這三年來，我換過的補習班超過二十間，待過最久的時間是三個月。

雖然知道該習慣，雖然知道媽媽都是用心良苦，但是每當想到媽媽的話，有時候都會化成一股無形的壓力，像是在刺激胃部一般，都會感到不適。

我偷偷從書包拿出一顆小藥丸，趕緊吞下去，胃痛的不適感才稍微消散。

「玉棠，妳有沒有在聽我說話？」媽媽透過後照鏡看著坐在後座的我。

「有、有啦。」我趕緊回應。然後把胃藥的藥盒藏好，不想被媽媽發現。

5. 柯向禹

在上數學課的時候，我因為還沒有拿到課本，於是想說要跟坐隔壁的男同學一起看，結果那個男生竟然在課堂上呼呼大睡，臉朝向我，嘴巴張大到口水快流出來了。

我感到尷尬不已，猶豫著該不該叫他？

「你還沒拿到課本嗎？」薛玉棠轉過頭看著我。

「呃，對。」

「你隔壁那位沒救了，我看玉棠，乾脆妳的課本借他吧，我們一起看。」白苡禾如此說道。

神了。

「所以這一題主要要先求出這裡……」數學老師在台上講課，到了後面，我也因為發呆而失

「……青茹女王。」在我翻開課本的時候，我旁邊的男同學突然咕噥了這一句。

「謝、謝謝。」我感到有點不好意思。

「也是可以。」薛玉棠把她當課本遞給我，微笑說道：「拿去吧。」

看著前面的薛玉棠很認真的用筆記本做筆記，而旁邊的白苡禾則是寫著數學課本的習題，時不時跟薛玉棠討論這題該如何解答。

葉陽跟楊勝賢以前在班上都是功課很好的學生，有時候我們三個也會在課後一起討論功課，看到前面那兩個女孩的背影，我的腦海也閃過熟悉的畫面。

「喲，轉學生，發呆啊？」旁邊的男同學坐起身，揉了揉惺忪的眼睛。

「現在已經上到第十頁了。」我提醒著。

「轉學生，你為什麼轉來？沒有人會在高三轉學的。」陳晉寶低聲問道。

「裝什麼認真？」那個男同學隨意翻了課本，這時我也看到了他胸口的名字：「陳晉寶。」

「搬家。」我沒有看著他。

陳晉寶笑了聲，似乎不是很相信，但是他也沒有繼續問。

「向禹。」下課時又有一個男生走來，但這個人我知道，他是班長，鍾恆。

「打掃工作的部分，在操場後方的回收場就由你負責，」鍾恆客氣的說：「只要分類就好，

但是垃圾量滿大的，所以你可能會比較辛苦，還是要我再安排一位同學跟你一起？」

「不用，我應該可以。」我說。

「那從明天開始，你就去負責那裡。」

「好。」

鍾恆離開之後，我托著腮，看著窗外的白雲。

邊看著窗外，手指也在桌上輕輕地敲著節奏。

「回來啦！」見到我跟葉陽打開門，阿姨開心的說。

「媽，妳這樣很像我們是小學生欸，第一次自己回來的那種。」葉陽失笑。而我也莞爾。

「畢竟你們兩個對這裡還稱不上熟悉，還是會有點小擔心嘛。」阿姨笑著說。

「媽，別忘了我下禮拜就十八歲了耶。」葉陽提醒。而我則是下個月。

「你們兩個，不管到了幾歲在我眼裡也是孩子啦。」阿姨如此說道，吃完飯之後，我梳洗一番，最後想要去教堂彈個鋼琴。

「向禹，你之後要不要去考讀音樂大學？」在我走去教堂的路上，一旁的葉陽如此問道。

「有想過，」我思索了一陣，之後莞爾：「但好像有點難考。」

「哪會，之前你鋼琴彈的多好啊。你不去考太可惜了。」葉陽突然沉默，之後拍了拍我的肩膀：「向禹啊，我是真心希望，你可以跟之前一樣，大方的展現你彈鋼琴的樣子，而不是像現在這樣……獨自一個人，也不想讓大家發現的低調模樣。」

我莞爾。葉陽說的那段話，其實也跟我在前治高中發生的事情有關。

喜歡鋼琴的心依舊不變，但是某些意義上卻改變了。

唯一沒有改變的，大概是葉陽依舊在我身旁，默默的陪伴、支持我。

小時候，因為鄰居都會把不要的玩具拿來給年幼的葉陽還有我玩，然而有一天他們送來了一個電子琴，葉陽沒有太大的興趣，所以一直都被放在旁邊，而我則是裝好電池，隨手按了幾個鍵。結果卻讓我愛不釋手，每一鍵發出的聲音是如此的不同，使我非常的驚喜，而且這些琴鍵還可以編織出一首又一首的歌曲，對那時候的我而言真是太過的驚喜萬分。從此，我就喜歡上鋼琴，然而自學到現在。

不知道這個時候，楊勝賢正在做什麼？一樣還在努力讀書吧？

我離開了之後，他會不會比較好過一點？

6. 薛玉棠

晚上九點，我拖著疲憊的腳步回到家裡，媽媽放下鑰匙，說：「下禮拜開始上課，知道吧？要認真學習啊。」

「……媽，」我有點無奈的問：「一定要補習嗎？」

補習班裡頭的氣場讓我壓力很大，但在媽媽面前，說出這種話無疑換來她更多的冷言冷語。

「不然呢？薛玉棠，妳真的太單純了，以為現在的社會這麼好混的嗎？看看我，看看妳爸，再看看妳哥，誰不是熬過來的？我們都可以撐過，為什麼妳不行？」

我深吸一口氣，不論如何，我還是想好好地跟媽媽溝通一次。

「媽，可是妳一直讓我換補習班，我除了讀書，還要適應各種名師不同的教法，」我忍住性子，之後試著用和緩的語氣說：「而且我不覺得自己考的很差呀，媽，那是因為我們學校本身升學率就好，但是在別所學校，我還是可以考到前三。而且我之前還考過全校第五名。」

「所以妳就是要跟爛的人比？」媽媽雙手抱胸，揚眉：「考過第五名，妳就滿足了是嗎？」

媽媽這番話使我啞口無言。

媽媽嘆了一口氣，說：「玉棠，媽媽跟妳說，女人要在社會上生存是件非常不容易的事情，儘管現在說男女平等，但其實刻板印象還是存在的，所以我們女生就是要靠自己，提升自己的能力跟素養！不是像妳現在想的如此安逸！媽媽剛聽妳這樣說，我更為了妳未來擔心了啊！」

「……」

「我們家人都是名校畢業，但是呢，唯獨妳缺少了野心，缺少了要把第一名搶走的野心！媽媽那麼用心是為了什麼，就是為了妳的將來啊！妳都快十八歲了欸，要讀大學了！妳為什麼就是那麼沒有的上進心？妳要不要看看妳其他表姐堂哥那些，他們都是怎樣的成就？」

媽媽一連串的話語使我想要跟她溝通的心瞬間澆熄，她的強勢，往往都使人無法反駁。

「……我知道了，媽。」最後我無力說出這句話：「等等洗完澡，我會繼續讀書。」

「妳明白我的用心就好。」媽媽手也放下，之後說：「明天我公司還要開會，我還要整理資料，我就先進去了，妳該做什麼事情，希望妳可以按時去做。不要辜負了我對妳還有鈺賢的用心。」

媽媽說完便離開了客廳，只剩我一個人。

我坐在餐桌旁，用手揉了揉太陽穴。

媽媽是公司的主管，每樣事情都力求完美，雖然扣除叫我讀書這點，她對我算不錯，只是，我有時候會懷疑，她這樣做的原因，是為了她的自尊，還是真的是為我好？

我只知道，進到最高學府，從來就不是我的目標。

我的目標是什麼呢？

我隨後眨了眨眼，搖了搖頭，決定放棄思考。

因為現階段，確實是要好好準備考試。

「媽，路上小心。」到了學校，我打開車門，對著媽媽說道。

看著媽媽的車子揚長而去，我這才進入了校園。

然而旁邊傳來了兩個男孩子的聲音，聽到其中一個人的時候，我的心不禁微微揪了一下。

柯向禹跟葉陽從我身旁走過，葉陽看到我，於是對我打招呼：「妳好，妳是薛玉棠對吧？」

「你好。」我微笑點頭。

我對上柯向禹的視線，不知道為什麼，我看到他還是有點難為情。

一同跟著柯向禹走進教室，在後面整理作業簿的鍾恆看到我，於是上前說：「玉棠，英文老師說她作業改完了，叫妳有空過去拿回來。」因為我是英文小老師。

「我知道了，謝謝你。」我莞爾。

柯向禹一坐下就是滑著手機，而陳晉寶則是把手機遊戲聲音開到最大聲。

「五十元，還你。」我直接拿出一枚五十元硬幣。

柯向禹抬頭看我一眼，之後再看看被我放在他桌上的硬幣。

「謝謝。」他如此說道。臉上還帶著淺淺的微笑。

7. 柯向禹

此刻，我看到洗手台旁邊的小花圃，其中一朵花上面，停留了一隻蝴蝶。

「這隻蝴蝶每天都會停在這裡一段時間喔。」班導的聲音突然從我旁邊響起。

「老師好。」

「不用那麼客氣呀孩子。」班導拍了拍我的背，「班上的同學都叫我東哥居多，你不介意也直接這樣叫吧。」

「這隻蝴蝶挺特別的，我每天都用手機把這個景象拍起來。」班導拿出他的手機，點開了相簿把畫面轉向我。

照片上都有日期，而且時間點很相近，每天都有一隻蝴蝶停留在花朵上。

「超特別的吧。」班導把手機收起來。

「是啊。」我莞爾。

「這個景象如果要用一句話來描述，我大概有想到一句。」

「哪一句？」

班導意味深長的看著我，再看看那隻依然停留在花上的蝴蝶。

「這句話就是，蝴蝶為花醉。」

班導說完這句話之後，鐘聲立刻響起，在一剎那，那隻蝴蝶也揮舞著翅膀離開了小花圃。

「大概是有被迷戀的那一瞬間，才會每天願意來這個小花圃尋找他想要的花，對吧？」班導挑眉看著我。

「老師，你想像力真豐富。」

「哈哈哈哈哈，沒想到你也會有吐槽我的一天。」班導之後說：「好啦，要上課了，快回教室吧！」他揮揮手叫我趕快回教室去上課。

下午的國文課，班導拿了一疊稿紙，之後說：「這堂課是作文，先讓同學來寫一篇作文來練一下文筆，將來對學測也有很大的幫助。題目很老套，卻也很貼近你們現在的情況，作文名稱就是，我的夢想。」

「老師，還真的很老套呢。」一個男生笑著調侃。

「不過這也確實是你們該思考的問題嘛，何況班導師也有義務知道你們未來的走向，是吧？」班導一邊發稿紙一邊說。

這時前面的薛玉棠跟白苡禾竊竊私語著，我有聽到白苡禾她說她將來想當導遊，大學想報觀光系，而葉陽想讀資訊管理。我卻沒有聽到薛玉棠說她未來想當什麼，她只是微笑的對白苡禾說加油。

『我的夢想，大概是當機長吧？不覺得很酷嗎？開著飛機飛來飛去，覺得自己的視野跟世界都遼闊起來了呢。』

我的耳畔出現了楊勝賢當時說的夢想。

8. 薛玉棠

「**我的夢想。**」

寫下一開始這四個字的我，遲遲沒有下筆。

一直以來，我人生的路都是媽媽為我決定，一時半刻，我還真的不知道自己的夢想是什麼，夢想又在何處？

旁邊的白苡禾寫得疾筆振書，而我卻的手依然都沒有動作。

『玉棠，媽媽跟妳說，女人要在社會上生存是件非常不容易的事情，儘管現在說男女平等，但其實刻板印象還是存在的，所以我們女生就是要靠自己，提升自己的能力跟素養！不是像妳現在想的如此安逸！媽媽剛聽妳這樣說，我更為了妳未來擔心了啊！』

眼前的事情，似乎比未來的路還重要。

像是稍微抓到了感覺般，我提起筆，開始在稿紙下寫下自己的夢想。

一開頭寫的無疑是媽媽的期望，考上好學校，希望有個明媚的未來，只是，我越是寫，就越是模糊。

我到底想要什麼呢？

「玉棠，夢想妳寫什麼呀？」下課後白苡禾問道。

面對眼前的好友，我不想說謊，於是我思索了一會兒，說：「我寫，希望能達成家裡的人的期望。」

白苡禾聞言，只是抱了抱我，輕輕拍著我的背，說：「薛玉棠，妳知道嗎？妳很常給我一種感覺。」

「什麼？」

「妳有時候很像花，也很像蝴蝶。」

「什麼意思？」我失笑。白苡禾難得說這麼文青的話。

「妳可能不知道吧，雖然魏青茹是班上的班花兼女王，但是妳的人氣也不差喲，她若是玫瑰，妳大概是屬於比較清新的花兒，像是鈴蘭。」

我的腦海也浮現出鈴蘭的模樣，聞言我莞爾的說：「原來我是那麼高雅的花朵嗎？」

「不然鍾恆怎麼從高一就暗戀妳到現在？一開始魏青茹還想去搭訕他都搭訕不成呢。」白苡禾這時卻突然壓低聲音：「說到這個，我有預感她接下來的目標是柯向禹。」

「哈哈哈，妳的反應。」白苡禾突然樂了起來。

「我的反應？」我摸了摸臉。

「我說妳呀，是不是對柯向禹有點在意？」白苡禾微微一笑，充滿了不安好心。

「怎麼可能，他在班上第一個接觸的人是我，本來就會多聊幾句好嗎？」

「幹嘛否認的那麼快？我覺得他其實不錯啊。」白苡禾這時微笑的摸著她自己的臉說：「但我覺得葉陽更好。」

「妳打算追葉陽？」我問。

「嗯！」白苡禾拍了拍我的肩膀：「玉棠，祝福我！」

「好好好，只是，書也要記得念呀。」我失笑。

「還是妳幫我問柯向禹看看？他們不是兄弟嗎？」

「為什麼？這樣很怪！」

「拜託嘛！」

「妳自己去問！」

回到家之後，媽媽早上說過她公司今天要加班，所以晚餐要自己解決。

我在超商吃了一個飯糰當作晚餐之後，就隨意亂晃，卻看到了意料之外的人。

在不遠處的教堂，我看到柯向禹從裡頭走了出來，他這次穿著帽T跟牛仔褲，跟平常穿制服的樣子很不一樣。

但是一樣的……很吸引人注意。

他對著在門口的修女微微鞠躬，之後離開了教堂。我躲在一旁的樹下，看著他離開。

這麼晚了，他是來教堂禱告的嗎？

在附近逛了幾圈之後，我走累了，坐在路邊的椅子上。點開手機，現在是晚上八點半。

「薛玉棠？」輕柔的嗓音在我頭頂上響起。

聞言我立刻抬起頭往上看，但看到對方，我的眼睛卻再也動不了了。

「柯、柯向禹？」

「你怎麼在這裡？」幾乎異口同聲，我們同時說出了這句話。

「我剛從教堂出來。」柯向禹先說了。

「彈鋼琴嗎？」幾乎是沒有思考的，這句話從我口中說出。

「嗯。」他點頭。

「你……很喜歡彈鋼琴是嗎？」我問：「否則開學第一天，你就不會問我學校哪裡可以彈鋼琴了。」

「是吧。」柯向禹顯然沒有很想開這個話題，我之後聽到他問：「妳呢？」

「……就出來吃個晚餐。」我把隨著風吹拂的長髮撥到身後。

「原來。那妳沒事的話，我先走了。」

在柯向禹轉身的那一剎那，我趕緊拉住了他的袖子。

不只他，我也很訝異自己的舉動。

「抱、抱歉，」我趕緊放開手，之後說：「我現在……沒有很想回家，我……」

「家人會擔心吧？」

「我媽晚上十一點才回來，我一定會在那個時間點回家，只是我……」不知道為什麼，看到柯向禹，我原先的煩躁感卻逐漸消失。也逐漸從這煩躁感找出自己的感覺。

不想那麼早回到家的原因，是因為不想一直面對這麼高壓的環境。

在家裡，我除了吃飯、洗澡，再來就是讀書了。

我閉上眼，在思索我接下來該跟柯向禹說什麼。

柯向禹走在我的前方，時不時轉頭看我有沒有跟上。

真是對他感到很抱歉，他那時候問我不然我想去哪，我也只回不知道。

我不會忘記當時他的臉有多少個三條線。

只是此刻的他也是漫無目的的一直走，我忍不住開口：「你要帶我去哪？」

「不知道，附近逛逛。」他轉頭，漂亮的眼眸看向我：「我總不能帶妳回我家吧。」

聽完這句話，我的愧疚感瞬間上升。

「不然，你回去好了，你家離這裡很遠嗎？」我說。

「是不會。不過，」柯向禹看了看他的手機，說：「但現在快九點了，妳一個女孩子回家不太安全，妳家離這裡要花多少時間？」

「走路的話大概十分鐘，」我滿臉歉意的說：「抱歉，浪費了你的時間。」

柯向禹頓了一下，之後說：「我送妳回去吧。」

我愣了一下，之後搖手：「沒關係啦，我可以自己回去。」

「沒關係，反正也可以順便認識一下周遭環境。」他說。

聽到他這麼一說，我想到這時我可以幫他什麼了。

「這裡轉角出去會有一間郵局，郵局後面也有一家麵店，他們的排骨麵最好吃了。」在他送我回去的路上，我一邊介紹這裡的環境跟店家以及地理位置，而柯向禹也很認真的在聽。

看著他的側顏，我微微低下了頭。

之後看到一家已經打烊的菜市場，我說：「那邊還有黃昏市場，隔壁也有幾家小吃攤，有些還不錯吃。」說完，我不禁瑟縮了一下。

沒多久，柯向禹就把他的帽T外套披在我身上。

我訝異的對上他的眼，怎麼這時候，他卻格外的貼心呢……

貼心到我短暫的，喪失語言能力。

然而走到我家門口，幸好媽媽還沒回來，我則是轉頭微笑對柯向禹說：「謝謝你。」

柯向禹僅是微微一笑，在月光的倒影下卻顯得更柔和。

「柯向禹。」在他離開之前，我又叫住他。

見他看過來，我說：「明天見。」
說完，我便微笑對他揮手。
「明天見。」他也如此說道。
看著他離開的背影，我微微一笑，之後也進了屋。

9.柯向禹

回到家之後，我坐在客廳，看著桌上的小仙人掌發呆。
放學回來沒多久，洗好澡之後我就出門去教堂了，阿姨今天工作得晚，葉陽則是參加晚自習。
只是沒有想到從教堂走出來沒多久，我會在巷子的轉角遇見她。
突然間我也發現自己少了一樣東西，看到擺在客廳的鏡子，我才知道一件事情。
我把外套借給薛玉棠，結果就這樣被她穿回家了。
怎麼當時都沒有注意到呢？
葉陽的臉突然出現在我面前，我嚇得立刻站起來。
「幹嘛啊？」葉陽失笑：「是做了什麼事情怕被我知道嗎？」
「沒有，是你突然出現，嚇了我一跳。」我斜眼看了在笑的他，最後坐回位子上。
「我三分鐘前就回到家了好嗎？就看到你坐在這裡發呆，是怎麼了？」葉陽在我對面坐下，一雙眼睛好奇地盯著我。

「沒有，沒事。」我簡短帶過，因為我也不知道自己為什麼會這樣。

「啊你今天出門沒有穿外套嗎？」葉陽問：「最近天氣轉涼了耶。你不是很怕冷？」

「我的外套……」我在思索要怎麼說才不會讓人聽起來很奇怪，但是最後還是照實說：「在薛玉棠那裡。」

「你剛剛遇到薛玉棠？」葉陽狐疑的問。

「是啊，」我搔了搔頭，「剛好遇到她。她那時候冷，我的外套就借她了。」

而她那時候提到回家時的眼神，也讓人匪夷所思。

「向禹啊，你該不會……」葉陽用一種奇怪的眼神看著我：「該不會對她有意思吧？」

「沒有。」我立刻否認。

我搔了搔頭，最後葉陽輕拍著我的頭，認真說：「向禹，你若對她有意思，記得一定要告訴我。」

「想太多了，」我微微撇過頭，之後想起：「白苡禾看起來對你倒是很有興趣。」

「是嗎？」葉陽托腮看著眼前的小仙人掌：「不得不說，她有時候遇到我會跟我聊一下天，不過有時候話題倒是都對得起來，也算是一個可以聊的來的對象。」

「那如果更進一步呢？」

「這我沒有想過。」葉陽秒答：「根本沒有想到跟別人談戀愛這種事情。」

葉陽如此的認真，導致氣氛有點尷尬，於是我笑著說：「我知道了。」

「你知道什麼？」葉陽倒是有點訝異的看過來。

「知道你不想談戀愛呀。」我推著他的背，說：「時間不早了，早點休息吧。」

「你也是啊。」

回到房間之後，我坐在床上發愣著，最後拿起手機，思索著要不要跟楊勝賢聯絡。

「向禹啊，轉學過去之後，就……忘了以前的一切吧。」楊勝賢當時這樣說：「這樣對你跟葉陽都好，畢竟我欠你們太多了。」

10. 薛玉棠

隔天到了學校，我便看到了柯向禹，我趕緊叫住了他。

我小跑步的過去他那兒，然後把一個紙袋遞給他，那是他昨天被我穿回去的外套。

「抱歉，還把你的外套穿回家。」我滿臉歉意的說。

「不會。」

我微笑點頭，不知道是我不知道該如何跟他相處，於是我們之間的氣氛有點尷尬。

「我先進去了。」柯向禹指著中庭方向。

「啊，好。」

「要一起走嗎？」

我沒有料到他會問我這句話，但是很不巧的，「我等等要去找英文老師，所以我會直接過去找他，你先進去吧。」

看著他的背影離開，我隨後邁開步伐往英文老師的辦公室走過去。

離開辦公室之後。我走出來時卻遇到了葉陽。

「同學。」葉陽主動跟我打招呼。

「你好。」

「妳是向禹的朋友吧？」葉陽問道。

由於我們的教室就在隔壁，葉陽跟我一起走。

「不是吧。」我問：「柯向禹有說了什麼嗎？」

「沒有啦。只是昨天聽他提起他有遇到妳，然後外套也被妳穿回家了。」

我聞言不好意思的說：「對呀，昨天出門去散心，結果就遇到他了。他也滿好心的，還說要送我回去，陪我走了一段路。」

「是嗎？」

「也沒有很久。」我補充。

看著葉陽的表情有點複雜，我試探性的開口：「你好像很關心他呢。」

葉陽聞言又恢復了笑臉，說：「當然，他可是我弟呢。」

「你們是雙胞胎嗎？」畢竟兩個都高三，又說對方是兄弟，但是姓氏又不一樣。

「不是。但我覺得妳想知道為什麼，妳可以去問向禹。」葉陽微笑說完，便進了他的教室。

今天第三節是體育課，康樂早自修有說體育老師說要測每位同學的一百公尺，為了校慶的時候可以排出大隊接力最好的棒次組合。

我的體育算中間，一百公尺上次紀錄是跑了十七秒，白苡禾更快，十五秒。

班上跑步最快的男生是鍾恆，再來是陳晉寶。

「妳們會不會好奇轉學生跑步快不快？」在走去操場的路上，唐孟婷搭了我跟白苡禾的肩膀。

「還好。」我說。

「我比較在意葉陽的。」白苡禾花癡的說，之後又想是想到了什麼，如夢初醒的說：「對耶，我們體育課上一班的班級是一班，我這時趕過去說不定還可以看到葉陽！」

「等我一下啦。」看到白苡禾用跑的過去，我見狀趕緊跟上，唐孟婷也是。

走過去時，柯向禹剛好就在那裡，而葉陽穿著運動T恤，接過柯向禹手中的水，也順手的喝起他的水來。

我看著這一幕，兄弟嘛，這樣其實挺正常的。

反倒是白苡禾原本還在猶豫要不要過去，我拍了拍她的肩，好奇問：「妳怎麼這時候退縮了？」

「唉唷，就，突然覺得走過去有點奇怪。等葉陽自己過來吧，」白苡禾推了推我：「倒是妳，過去找柯向禹吧。」

「為什麼我要去找他？」我疑惑著。

「妳感覺很在意他咩。」唐孟婷這時突然說話，白苡禾竟然也點頭附和。

「我才沒有。」我眼神有點飄移：「現在我是考生，這時候談戀愛，我書就不用念了。」

「薛玉棠，妳別那麼死板好嗎？」白苡禾略翻了白眼：「而且感情的事情本身就很難說，妳可別太有自信！」

「那不是魏青茹嗎？她怎麼過去找柯向禹了？」唐孟婷說。

我聞聲回頭望去，魏青茹還真的站在柯向禹面前，面帶微笑的，不知道在跟他說什麼。然而柯向禹臉色平淡，只是簡單點個頭就往操場走去。留下魏青茹一個人在原地。

「我、我還是先去操場好了。」我說完便趕緊奔向操場。然而也就這樣跟走過來的葉陽擦身而過，接著就聽到白苡禾跟葉陽交談的聲音。

不知道為了什麼，彷彿操場那裡有一個目標，指引我過去。

這是我不曾擁有過的感覺。

「各位同學，相信康樂都有跟你們說了，今天要測一百公尺。請一號到五號同學先預備。」

鍾恆是一號，他站在起跑點上，看似自信的模樣。

「這次的大隊接力最後一棒大概也是他上場吧。」

「當然。這測驗只是形式而已。鍾恆高一跟高二都是最後一棒呢。」

唐孟婷跟白苡禾如此說道。

我隨意四周張望，柯向禹一個人在比較遠一點的地方，看著起跑點上的同學們。

「下一組預備！」體育老師喊著，而剛好也輪到我們這一組。

而我站在起跑點的時候，上一組就跑完的白苡禾跟唐孟婷對我說加油，然而一旁的柯向禹剛好對上我的眼，淺淺一笑。

「預備！」體育老師喊了這個口號，我趕緊回過神，看著眼前的終點線。

「開始！」

聽到開始之後，我們便開始拔腿往前奔，想快速的，跑到終點。

人生不也是如此嘛，時間一分一秒的衝斥，不過，我卻不知道我的終點線在哪裡。

親戚問我將來大學要讀什麼。

這個問題我都不用回答，因為媽媽都會回：「她的目標是第一學府，當我們家的學妹呢，呵呵。」

「玉棠！」白苡禾拍了拍我的背，我氣喘吁吁的站在終點線，看著她的臉龐，微微一笑。

「妳這次進步了耶，進步一秒。」白苡禾笑著挽著我的手走回操場中央。

「真、真的嗎？」我訝異的說：「進步一秒可差很多了呀。」

「真的呀，老師剛剛有報秒數，妳沒有聽到嗎？」白苡禾說。

「沒有呢。」我尷尬的笑著。

「欸，換柯向禹了耶。」白苡禾拉著我的手。

然而我也有看到，魏青茹她們就站在柯向禹所在的第一跑道旁，為他加油。

「什麼呀，我跑的也很快好嘛。柯向禹就只是長得帥而已，可惡！」陳晉寶在一旁咕噥著。

我跟白苡禾相視一笑，看來要魏青茹這個女王看到陳晉寶的存在，他得多加油了呢。

「預備！」體育老師一喊，柯向禹的做好了預備姿勢。

「開始！」

我知道，大家此刻的目光，都在柯向禹身上。

因為他跑起來竟然意外的快速，而且在我眼裡，他都身影如此的輕盈，輕盈的像是，一隻蝴蝶。

午休時，我看到座位後方沒有人，剛好我這時也沒有什麼睡意，於是決定出去走走。

走到三樓，一陣悅耳的彈琴聲傳了過來，我微微豎起耳朵，走向一直以來都開放讓學生進去的音樂教室。

11. 柯向禹

「天啊柯向禹！看出不來你竟然跑很快！」當我跑到終點線的時候，後方的同學如此說道。

我微微喘著氣，最後回到操場中央，鍾恆用一種打量的眼神看著我，接著我聽到體育老師說：「這次竟然有人打破了鍾恆的紀錄，新同學，你不錯。」

「老師，要不要讓他們兩個PK看看？」一名同學如此說道，隨即引來了起鬨。

在起鬨的過程中，我看到鍾恆帶著從容的微笑，走出來說：「也好，不然就在這時候也順便決定最後一棒誰來擔任吧，我是不會輸的。」

「那就你繼續當吧。」我說完原本要走到旁邊，我卻被陳晉寶拉上跑道。

「柯向禹啊，幹掉他啊！跑個屁。」陳晉寶如此說道。

我困惑的看著他，他到底想幹嘛？

「是啊，新同學，難得跑那麼快，讓我們再見識一下，以及最後一棒如何換誰當，說不定也是不錯的事情呢。」一個叫做胡甚齊的男生也笑著說道。

看到鍾恆站在起跑點看著前方，體育老師也朝我揮了揮手，意示要我過去。

我搔了搔頭，最後也無可奈何的走了過去。

只是在經過薛玉棠身邊時，她抬眸看向我，對我微微一笑。

我跟鍾恆就站在跑道上，看著終點線，等待體育老師的口令。

「預備！開始！」

聞言我跟鍾恆便往前衝，心無旁鶩，只希望趕快的跑到終點。

跑到終點的時候，我聽到了歡呼聲。

「柯向禹！真有你的！」

「鍾恆國中是田徑隊的欸！能跑到跟他一樣快已經很厲害了，沒想到你竟然跑贏他！」

我看向旁邊的鍾恆，他面無表情，只是發現我在看他時，他禮貌性的微微一笑，最後走回他的朋友那裡。

「柯向禹，你好厲害！」魏青茹上前對我比了讚，而我見狀也只是微笑對她說謝謝。

🦋 🦋 🦋

午休的時候，想起之前薛玉棠跟我說過，三樓的音樂教室時開放的，而且有鋼琴，於是我就趁今天上去看看。

音樂教室裡頭非常寬敞，只是鋼琴看起來很久沒有用了，上面有著薄薄一層的灰塵。我拿起抹布擦拭著，最後打開琴蓋，試了幾個音，最後忘我的彈了起來。

『柯向禹，你知道嗎？我真的很佩服會彈鋼琴的人耶。』

『向禹啊，其實我一直都很忌妒你。因為華恩她從來看的人，都不是我。』

『我功課好，是用背後的血淚換來的，但是我在乎的人都不看我，只把目光看向你。華恩也好，我爸媽也好。』

『對不起。』

當時，我一直都不知道，楊勝賢當初是用這種心情看我的。

不過，也是，因為這一切是因我而起的。

但葉陽不知道的是，在我十歲那年，我跟楊勝賢約好要一起出去玩，卻不幸遇到搶劫。

那個歹徒原先要攻擊我，但楊勝賢卻用手替我擋著了，幸好那個歹徒力道沒有很大，也很快被附近的巡警制伏帶走，所以沒有發生重大的事件，但是楊勝賢卻因為我受傷了。

「怎麼辦？你回去絕對會被修理的。」從醫院出來時，我擔心的說：「我陪你回家吧，我來跟你爸解釋。」

「不用了向禹，這皮肉傷其實沒有什麼的，」楊勝賢微笑說：「醫生也說了只是單純的皮肉傷，很快就好的。至於我爸那裡，我有理由，放心吧。」

「還是老實說吧。」

「向禹，我爸很可怕，你不是不知道。」楊勝賢苦笑著：「就算我照實說，我爸一定認為我逞英雄，整天不讀書都在搞有的沒的，你覺得會有比較好嗎？」

「可是！」

「到此為止，誰都不要說，我們沒事就好。」楊勝賢懇求：「拜託。誰都不說，包括葉陽，因為依他的個性，他一定會查到底，到時候我爸也一定會知道。」

我猶豫了一陣子，愧疚的心情在我心中膨脹，但是看到他手臂上的疤痕，那都是被他爸毒打來的。

因此這個祕密，就這樣被我們放在心中，隨著歲月來到了前治高中。

當時楊勝賢暗戀隔壁班的班長李華恩。李華恩的氣質出眾，同時也是合唱團團長，當時楊勝賢看到她的第一眼，便是一見鍾情。

「哇塞楊勝賢，你不簡單啊，喜歡上女神等級的李華恩，祝你早日追到她。」葉陽笑著調侃他。

不過有一天，李華恩主動跟楊勝賢搭話了。

在我們體育課結束之後，她便主動走到我們面前，當時我跟葉陽識相的先離開，好讓楊勝賢有個表現的機會。

「楊勝賢各方面都不錯，跟李華恩挺相配的。」葉陽手扠口袋走著。

然而我卻發現他的口袋有著露一角的信封。

「葉陽，你的口袋裡面是什麼？」我好奇地問。

「嗯？這個嗎？」葉陽無奈的拿出來，果然還真的是信封，但看到上面有愛心的貼紙，我多少有猜到那是情書。

「學妹給的。」葉陽淡淡說完，之後放回口袋：「回家處理，不然在學校處理被看到可尷尬了。」

我笑了聲，「太受歡迎不是一件好事情對吧？」

葉陽這時突然搭著我的肩膀，小聲咕噥說：「真的，明明我對女生一點興趣都沒有。」

「咦？」我轉頭看向他。

葉陽看了我一眼，之後咳了一聲，「沒啦，我的意思是沒有我看的上眼的女生。」

看著葉陽沒有很想聊起這類的話題，於是最後就不了了之。

楊勝賢興高采烈的回到教室，跟我還有葉陽說起剛剛李華恩跟他聊了什麼。只是聽了下來楊勝賢也許沒有發覺，但我跟葉陽卻覺得有點奇怪。主動去找楊勝賢搭話，卻一直問我的事情。

我頓時感到有點尷尬，但是楊勝賢不知道。

直到之後事情的發展卻讓人措手不及。

他不知道哪裡惹來的高三學長，在我趕過去的時候，他已經被打到鼻青臉腫。然而也在一場意外之下，楊勝賢差點被學長推下樓梯，而我原本要去拉住他，結果卻反而把學長給推了下去，導致那位學長嚴重的腦震盪。

我一直以為那是意外。

直到我被強制轉學的那一天，楊勝賢才說出一切的真相。

李華恩靠近他的目的其實是我，甚至還跟別人說過要不是想要知道我的事情，她根本不想理他。

楊勝賢在心裡對我開始造成了不平衡，開始搞叛逆、找事情做。直到惹上了麻煩，其實，那位學長會摔下去，主要是楊勝賢故意推他下去的，甚至還抓了角度，好讓他摔下去時，會撞到角。所以學長的腦震盪才會如此嚴重。

「你這混帳！」當時葉陽氣得揍他好幾拳，我跟阿姨趕緊阻止。

我詫異的看著他，原來，我一直對他造成這樣的傷害是嗎？

甚至他的家人還會拿我跟他比較，說什麼他樣樣通，卻沒有一個是精的，光是這點就差了我很多。

我一直在拖累他是吧？

「就轉學吧，向禹。」阿姨痛心的看著從小看到大的楊勝賢：「這所學校、這種朋友，不值得你留下！」

睜開雙眼，發現自己已經沉浸在過去的回憶裡，我看向窗外，卻看到了一個我意想不到的身影站在外頭。

薛玉棠。

她發現我看到她了，於是她就順勢走了進來，誠懇的說：「你彈鋼琴好厲害！」

「……謝謝。」這句話，李華恩也曾經對我說過。

「你喜歡彈鋼琴是吧？」薛玉棠隨便在一個位子上坐了下來。

「是。」我微微勾起嘴角。

「真好，」結果她托著腮，若有所思的說：「真羨慕你們，有個明確的目標跟興趣，如果我沒有猜錯的話，你之後會想往音樂學校發展吧？」

「……那妳呢？」

薛玉棠聞言，眼中的迷惘卻也更明顯，她說的話完全出乎我意料之外。

「你問的是，我該讀哪所學校，還是說，我想讀哪所學校呢？」

聽到她的反問，我不禁開口：「這兩者有差嗎？」

「對我來說，有。」她回答：「如果是問我的心之所向，我答不出來，但是要問我要去哪間學校，當然是最高學府，我爸媽，還有哥的母校。」

我不意外，因為之前就有聽說過，薛玉棠的功課很好。

所有優點聚集一身的她，大概是我無法觸及的對象吧。

整個午休，薛玉棠沒有離開，我就這樣跟她身處在三樓的音樂教室。

下午的英文課，我原本在畫重點，隔壁的陳晉寶一直用紙團丟我的頭，一開始我不理會，最後他沒有因此停手，使我忍不住看向他：「你在幹嘛？」

「沒有啊，就無聊。」陳晉寶又朝我頭丟了一個紙團。

看著腳下一團又一團的紙團，全都是他的考卷，而且我還瞥見目前能看的分數是40分。我彎腰撿起，最後放回他桌上。

「是因為魏青茹？」我還記得早上跑步的時候，魏青茹有替我加油，陳晉寶這麼的喜歡她，他找我麻煩的原因不論怎麼想也都只有這個了吧？

「靠北，小聲一點啦！」陳晉寶比了噓聲，再看向正在抄筆記的魏青茹。

「你才該小聲一點吧？你剛剛一直在鬧柯向禹以為我們不知道？」白苡禾轉過頭皺眉說道，薛玉棠聞言也轉過來。

之後她們把頭轉回去之後，陳晉寶突然叫了我：「欸，轉學生。」

我也轉頭看向他，他戲謔的笑：「我期待你可以電爆鍾恆呢。」

「……你們有過什麼不愉快嗎？」我問。不然為什麼陳晉寶要這樣說？

「沒有。只是，我覺得他太假了。」陳晉寶依舊露出戲謔的笑：「看到他露出失敗者的臉還挺爽的，所以當時我才會把你推回跑道上跟他PK呀。嘖嘖，我想跑贏他都跑不贏，很嘔的呢。」語畢，他便翻開英文課本，沒有再理我。

而我把目光轉回課本上，之後再稍微往上看，看著前方她的背影。

放學的時候，葉陽原本在中庭等我，但班導卻突然出現叫住了我。

「抱歉，給我五分鐘的時間。」班導微笑的對我說，使我感到疑惑。

「不然我先回去好了。」葉陽說。

「也好。」我說。雖然說五分鐘，但看班導的模樣，我覺得五分鐘大概不可能結束。

葉陽離開之後，班導說：「來吧，來我辦公室喝咖啡。」

說完，班導便先行離開，而我原地猶豫一會兒，最後乖乖跟上。

在導師室裡，只有我跟班導兩個人在，咖啡香充斥在導師室裡。

「先吃個餅乾吧，不然直接空腹喝會胃痛。」班導端來了兩杯咖啡跟一包看似在烹飪教室烤的餅乾。

坦白說，班導長相帥氣，也很年輕，因此受到學校一些女同學歡迎，這些餅乾無疑是她們送的。

「多吃點，你吃光最好。」班導顯然不想吃這些餅乾，他端起了一杯咖啡，開始細細品嚐。

「老師，你叫我來有什麼事情嗎？」我問了重點。

「向禹啊，在我說出今天找你來的目的之前，我想先好好地跟你聊一下天，可以吧？」

「可以。」雖然有點疑惑，但我還是點頭。

班導拿出了我之前在前治高中的在校表現紀錄表，我見狀微微一愣。

「向禹。其實呢，我有仔細觀察過你，再發現其實在上一所學校，你的記功嘉獎也遠比強制轉學那次記的過還來的多。由此可知，你不是個問題學生。」班導的目光深沉的看著我：「想必背後有原因的，是吧？」

我微微低下頭，雙手交握著。

「老師期待那一天，你願意跟我說你的事情的那一天。」班導微笑說：「只能說，我可以明白你的心情。」

我抬眸看向他，之後他咳了一聲，說：「好啦，為了不耽誤你的時間，我要來講我找你的目的了。」

班導看向我，說：「去報名校慶的才藝表演活動吧。」

「……什麼？」

「你很會彈鋼琴，不是嗎？」班導手抱著胸坐在沙發上，「你的志願不也是考上音樂學校？」

「老師你怎麼知道……」我其實當時作文沒有表明的寫出我喜歡彈鋼琴，只有說想讀音樂學校，他是怎麼發現的？

「我原本也不知道，直到中午，我看到了你跟薛玉棠在音樂教室，而你的鋼琴聲，不得不說，還真的有吸引到我。」

「……」怎麼完全沒有發現到班導的存在呢。

「老師。」鍾恆這時突然出現在門口，看到我也在導師室，明顯愣了一下。

「鍾恆，怎麼啦？」班導一派輕鬆的說。

「我有幾題文言文的題目想要問你。」鍾恆走進來還不忘看我幾眼，何況現在我跟班導的話題也結束了，於是我站起身，向班導點頭之後就離開導師室。

走出校門，我仰頭看向因為冬天太陽提早下山的天空。

『向禹。其實呢，我有仔細觀察過你，再發現其實在上一所學校，你的記功嘉獎也遠比強制轉學那次記的過還來的多。由此可知，你不是個問題學生。』

『老師期待那一天，你願意跟我說你的事情的那一天。』

1. 薛玉棠

「這一題的解法是……」

在沉默無比的補習班裡，我托著腮，忍著呵欠看著台上老師在白板上寫著滿滿的數學公式。之後也默默的抄起筆記。

不知道媽媽跟補習班老師怎麼協商的，我以為我會跟其他學生一起上課，結果整間教室就只有我一個學生，後來了解之後才發現是家教班。

這樣一對一的教學我上起來很有壓力啊。

「先休息一會兒吧。」補習班老師說完便走出教室，此刻原先就寬敞的教室，顯得更安靜。我趴在桌上，隨意滑著手機，回覆了白苡禾先前發給我的訊息。

回完訊息之後，我便繼續趴在桌上放空著。

不得不說，我覺得我又再次的被柯向禹這個人吸引了。

而且我滿意外的是，他竟然會彈鋼琴，而且彈的非常好。

突然間，我對他升起了羨慕，還帶點一絲的好奇。於是當時，腳似乎不是我的了，我也就這樣走了進去。

『你喜歡彈鋼琴是吧？』

『是哦。』

『真羨慕你們，有個明確的目標跟興趣，如果我沒有猜錯的話，你之後會想往音樂學校發展吧？』

『……那妳呢？』

我呢。

我的道路一直都被媽媽安排好了，所以我還真的都沒有想過這個問題，也因此陷入了迷惘，甚至感到微微的害怕。

「玉棠，要開始下一堂課了，如果還是覺得很累去洗把臉吧。」老師進門看到我依舊趴在桌上如此溫聲提醒。

我微微抬頭，「老師。」

「嗯？」

「如果我說……我不想補習，妳會生氣嗎？」

老師見狀沒有說話，她只是把教科書放下，之後拉張椅子坐在我面前。

「玉棠，我知道這段期間，會是最難熬跟最煩躁的時候，」補習班老師溫和的笑著：「不過如果妳有目標的話，妳就會勇往之前，再怎麼累，也還是會繼續努力。」

我微微低下頭，之後說：「但是很可惜，我沒有明確的目標。」

「妳媽媽是要妳讀最高學府對吧？」

「……嚴格上來說，那是她希望的，」我說：「因為我的家人，都是從那間學校出來的。」

「妳都沒有任何的興趣跟夢想嗎？」

我搖頭，我壓根兒都不敢想。

從小我想要學陶笛、學畫畫，媽媽都說那對未來沒有幫助，因此都不讓我學，一直強迫我讀書，到現在因為要學測，要考大學，那攸關她的面子，因此這個壓迫感也更重了。

「沒事的，相信妳會找到的。」老師微笑說：「至於要不要補習這件事情，希望妳可以再考慮看看。畢竟家教班學費不便宜，而且妳也很聰明，老師滿喜歡教妳上課的呢。」

我坐起身，之後微笑說：「那老師，我們繼續上課吧。」

老師讚許的看著我，之後說：「妳還是先去洗把臉吧。」

我聞言感到有點不好意思，之後還是站起身去廁所洗臉。

洗完臉之後我抬頭看向鏡子，精神有稍微回來了些。補習班老師人真的很好，我必須要認真上課，才能不辜負她的用心。

撐過那沉悶的四小時課程，媽媽終於載我回去了。

「老師說妳反應很好，懂得變通。」媽媽微笑說：「繼續保持吧。去洗澡準備睡覺了。」

「好。」我說完便直接走回房間。

回到房間之後，看到床，我滿身的疲憊再度襲來，我「咚」的一聲趴在床上，好想就這樣不要起來。可是，我還沒洗澡，最後掙扎了一下，我還是趕快去洗澡，準備上床睡覺。

洗完澡之後，我坐在梳妝檯前擦著頭髮，嘴角微微勾起。

十八歲，是決定自己人生的最重要的一個過程。

但我彷彿，還停在原地。

隔天早上到了學校，我正要往教室方向走去，但我瞥見一旁的樹叢有個身影。

我好奇地走過去看，結果對方看到我也愣住了。

「柯向禹？」

柯向禹愣了一下，之後四處張望：「班導走了嗎？」

「班導？」我搖頭，之後又說：「我沒看到他欸。」

他搔了搔頭，之後走了出來。我發現他現在還是揹著書包的，看來他是在被大門攔下的。

「你大概躲不了，今天有兩節他的課。」

柯向禹難得露出懊惱的表情，使我有點想笑。

「各位同學，上課啦。」班導一臉朝氣的走進教室，還特別看了我這裡一眼，但我知道，他看的人是坐在我後方的柯向禹。

「上次看了看大家寫的作文，儘管題目老套，但大家還是很用心的寫，這讓老師我非常的感動，真的！」班導微笑說：「希望大家夢想真的可以成真呀。」

「然後，請柯向禹。」班導果然開始找碴了，「麻煩請念一下第一課課文，然後告訴全班你的想法。」

白苡禾狐疑的看向我：「東哥打算換教學方式嗎？」因為以往班導不可能叫學生起來念課文的。

但我多少能明白為什麼班導會這樣。於是我乾笑著對白苡禾說：「不知道呢。」

柯向禹還是乖乖的站起來，接著念課本裡的內容。在他朗讀的聲音之下，加上坐在靠窗的我透過窗外陽光灑了進來，我看向窗外，卻看到了一隻蝴蝶飛了過去。

「玉棠，妳要去圖書館嗎？」午休的時候我想去圖書館讀書，白苡禾知道之後便這樣問我。

「是呀，我還要順便找個資料。」我說。

「那可不可以麻煩妳，幫我把這兩本小說投到還書箱呢。」白苡禾微笑的看著我。

「當然可以。」我也微笑接過。

「對了玉棠，」白苡禾嬌羞著說：「我剛剛遇到葉陽，有跟他聊天，然後也交換了通訊軟體。」

「那不錯呀，」我笑了開來：「希望妳有好結果呀。」

「謝謝妳啦。」白苡禾之後問：「不過為什麼今天東哥好像很喜歡找柯向禹欸，結果柯向禹卻在躲他似的。今天下課東哥叫他他立刻跑走。」

「還是他又闖了什麼禍？」坐在前方的唐孟婷轉頭問道。

聞言我看向柯向禹的位子，位子的主人剛好不在。

應該是去彈鋼琴了吧？

不對，班導一直在找他，他應該不會自投羅網跑去那。我胡思亂想著。

「應該不是吧。」我說。

去圖書館把白苡禾借的小說投進一樓的還書箱之後，我便步上二樓。

樓上沒有什麼學生，櫃檯的阿姨看著電腦，環境非常的安靜也很適合讀書，於是我在一張長桌拉了一張椅子坐了下來，開始認真算習題。

約莫過了二十分鐘，我揉了揉疲憊的雙眼，之後站起身看一下有沒有什麼書籍可以參閱。只是站在某個書架前，我透過那片沒有擺放任何書籍的架子，看到了他的身影。

我走過去拍了拍他的肩膀，原本在看音樂雜誌的他，愣了一下。

「你躲來這裡？」我問。

「是啊。今天班導就是一直要找到我。」柯向禹無奈的說。

近看他的樣子，發現他的皮膚真的很好，原先顯得俊秀的臉蛋，更添上一筆優勢。

這時看到他後方架上的雜誌因為沒有排放整齊，導致一些書籍是凸出來的，然而卻有幾本掉落下來，我下意識的喊：「柯向禹小心！」

柯向禹見狀竟然直接護住我的頭，也把我護在他懷中。然而雜誌啪搭啪搭的落了下來，掉在我們的腳邊。

突如其來的距離，在我抬頭時，卻意外的發現我們兩個都臉竟然靠的如此的近。他的唇也快挨近了我的唇。

時間跟心跳，彷彿是靜止了般。

「你……」好不容易找回自己的聲音，「你沒事吧？」

「沒有，沒事。」柯向禹這時放開了我，「妳也沒事吧？」

我微笑搖頭，「謝謝。」

「剛剛是什麼東西掉了下來？」圖書館阿姨這時跑了過來，一臉擔心的問：「你們有沒有受傷？」

「沒有。」我跟柯向禹同時說道。

阿姨走了過來，看著書架，驚呼了一聲：「天啊，這書架螺絲生鏽的太嚴重了，我怎麼現在才注意到？真是抱歉啊，你們真的沒事嗎？」

「阿姨，沒事的！」我彎下腰幫忙撿起雜誌，柯向禹也跟進。

看著他的手，我發現到他的手臂有一道割傷。

2. 柯向禹

早上我走到門口時，剛好看到班導就站在門口，但我知道，他在等我。

昨天放學他突然就攔住我，要我參加校慶的才藝表演，但我轉來主要就是想低調過生活，並沒有要出風頭的意思。

班導昨天還問我有沒有意願參加，我則是傳了一個拒絕的貼圖給他。

結果就看到現在這個樣子。

我微微低下頭，抬起手遮住自己的半張臉，結果班導還是發現了，他喊了我的名字：「柯向禹！」而且還朝我跑來。

「向禹啊！」班導熱情的喊著我的名字，我卻覺得渾身不對勁，於是在他跑來之前，我先跑走了。

我以為能這樣甩掉他，結果他竟然鍥而不捨的追上來，看到班導的目光看著另一個方向，我就順勢躲在附近的草叢裡。

「柯向禹？」薛玉棠訝異的說出我的名子。

「班導走了嗎？」看到她的第一眼，我立馬問了這句。

「班導？」她搖頭：「我沒看到他欸。」

跟著薛玉棠走進教室，原先坐在位子上的鍾恆，看到我們走進來，他的目光一直停留在我們兩個身上，尤其是薛玉棠。

「欸，柯向禹，」陳晉寶拍了我的肩膀，輕浮的笑說：「早上看到你被班導追著跑，是怎樣？你又跑去幹嘛啦，怎麼不找我一起。」

「沒有，沒事。」我簡單回應。

「鍾恆喜歡薛玉棠喔。」在擦身而過時，陳晉寶笑著說：「但是薛玉棠不喜歡他，不過他還是不放棄，這麼癡情的故事可是全班公開的祕密喔。」

「……幹嘛跟我說這個？」

「沒有啊，我覺得我該讓你知道。」陳晉寶笑著說完，就直接離開教室。

此刻我看向鍾恆，他也正好在看著我，在對到眼的那一刻，他立刻轉頭回去讀書。

看著跟白苡禾聊天的薛玉棠，我搔了搔頭，走到自己的座位上。

經過上午班導那若有若無的針對，好不容易到了午休。

我再怎麼笨也不會去音樂教室，於是索性跑來圖書館隨意看看逛逛。

我拿出手機，看到楊勝賢的通訊軟體，不禁愣了一下。

他的帳號名顯示unknown，表示他已經停用了這隻帳號。

我微微抿脣，最後把手機放回口袋，心裡沒有太大的難過，只有滿滿的惆悵。

好端端的關係，總是在下一秒崩盤。誰也措手不及。

我手扠口袋的在圖書館亂逛亂看，卻被擺在後面的書架上那些雜誌吸引了。

「**期刊資源——音樂雜誌（最新期）**」

我拿起其中一本雜誌，開始細細閱讀。

我知道音樂學校不好考，加上我在前治的時候課業也只在中間，所以如果現在開始認真，勢必要比別人多加的努力才行。

但如果參加了校慶才藝，會不會又會因為太突出，而蓋掉了周遭人的光芒？就是怕楊勝賢的事情再次發生，因此我在班上不會特別去交朋友，但也因為現在是高三，大家忙讀書，也沒有那個閒情逸致來跟我交朋友。

原先沉浸在思考的我，肩膀突然被拍了一下。

「你躲來這裡？」

薛玉棠那靈動的雙眼，使我此刻目不轉睛的看著她。

「柯向禹小心！」她突然著急的喊。

當下的我看到上面的雜誌跟即將落下來，我想也沒想的，直接護住她的頭，她的身軀也順勢被我護住。

時間定格似的，薛玉棠怯怯的抬起頭，很是擔心的看著我。

「你沒事吧？」她擔心的打量我。

「沒有，掉下來的是雜誌，我也沒有被打到。」意識到距離如此近的我們，我趕緊放開她，問道：「妳也沒事吧？」

之後阿姨跑了過來，發現是書架的螺絲生鏽了，對於這樣的疏忽對我們感到很抱歉。

「柯向禹，你受傷了！」原本在撿雜誌的薛玉棠突然看著我的手說道。

她不說還好，一說，我就感受到手臂上有微微的痛楚。

鮮血微微的從劃傷的地方流了出來，看來是在護住她的時候，不小心被掉下來的內頁割到了。

薛玉棠二話不說的直接從她口袋拿出衛生紙，接著壓住我的傷口，她看著我的反應，說：「放心，這是乾淨的。」

「同學呀，去保健室擦藥吧！」阿姨皺眉：「不然傷口感染可就麻煩了喔！」

「對呀，可別小看傷口！」薛玉棠也說：「小時候我也是因為受傷傷口沒有處理好，卻造成感染發炎，甚至還發燒進醫院！」

我看著薛玉棠擔心的臉龐，不發一語。

最後在阿姨的勸說之下，薛玉棠就帶著我去保健室擦藥。

在她用優碘碰到我傷口的那一剎那，我不禁咬牙。

「抱歉，我太用力了嗎？」薛玉棠有些嚇到。

我猶豫了一下，之後輕輕點頭。

「知道了，我會輕一點。」之後，薛玉棠果然放輕了力道，我就看著她幫我上藥，接著拿OK繃貼住我的傷口。

「好了，完成！記得回去傷口盡量不要碰到水。」薛玉棠微笑的把藥放好，我們就一同離開保健室。

「你應該還沒有逛校園吧？」薛玉棠轉頭對我說：「不如趁午休時間，校園沒有什麼學生，我帶你去逛吧！」

我看向天空，現在雖然要進入冬天，但此刻還是豔陽高照的好天氣，藍天白雲如此的清澈，為我們此刻站在的操場上添上一絲的生機。

逛完一部分的校園之後，我跟她就坐在操場後方樹蔭下的涼亭，看著田徑隊在操場跑道上練習。

「我覺得在這裡讀書也挺好的。」薛玉棠微笑的看著我：「你覺得呢？」

「妳想在這裡讀書嗎？」我問。

「我覺得可以呀。吹著自然風，然後空氣也不錯，滿清爽的呢。」她這樣說道：「要不要改天一起來這讀書？」

而我聞言微微勾起嘴角。

「對了，我可以問你，為什麼不想要參加才藝表演嗎？」她好奇的看著我：「我認真覺得你鋼琴真的彈的不錯。」

「……」

「沒關係，不說沒關係。」薛玉棠以為我不想說，於是擺了擺手，之後她就把目光放回操場上。

也許是想起她剛剛用衛生紙幫我壓住傷口，以及她帶我去保健室的份上，而且我也不覺得她會四處跟別人說我的事情，於是我思索了一會兒，決定啟唇。

「因為有個朋友，所以我不怎麼想在公開的場合彈鋼琴。」

大概是我突如其來的回答她的問題，薛玉棠微微撇過頭，用她的雙眼看著我。

「我那個朋友……曾經喜歡一個女生，但是那個女生卻利用他來認識我，她曾經說過，她很喜歡看我彈鋼琴。我那位朋友也因為我有彈鋼琴這項才藝，也被他爸媽說他沒用。」我回想起先前跟楊勝賢的回憶，也想起他是如何被他的父母拿來比較。

我微微抿唇，從那次開始之後，我盡可能的讓自己沒有什麼存在感，但誰知道班導神出鬼沒的作風總是讓我措手不及。

再看向旁邊的薛玉棠，她其實跟鍾恆一樣，都是班上的核心，而且也是他們兩個功課最好，下課時還會看到同學們跑去找他們討論功課。

薛玉棠跟我真的是不同類型以及世界的人。

3. 薛玉棠

我看著柯向禹，聽完他的原因之後，我低下頭看著自己的鞋子，在思考我可以說什麼。

「……我覺得，」思考了一下，我開口：「還是做自己吧。」看著柯向禹的側顏，我莞爾一笑，之後說：「站起來吧！」

「為什麼？」

「你站起來就對了。」

柯向禹聞言乖乖地站起來。我微笑的指著天空：「心情不好，或是覺得自己背負太多的事情，我都會看一下天空，透過寬廣的天空，來縮小自己的煩惱跟顧慮。」

我看向後方的小花小草，發現上面也有幾隻蝴蝶，我也指著那裡：「你看，那邊也很漂亮！」

柯向禹也順著我的方向，從原先的看天空到後面的小花圃，我微笑說：「我有時候也會因為家庭跟課業壓得喘不過氣，不過，我都會試圖找看看附近有什麼美麗的風景，哪怕是一點點也好。」我知道，柯向禹並不是問題學生，從平常看他的做為就知道了，想必之所以他會強制轉學，一定有一段故事在。

然而聽了他的自白，我突然想到，他轉學的原因，會不會跟他口中那位「那個朋友」有關係呢？

他外表看似什麼都不在乎，其實心中背負著許多故事。

而我外表看起來什麼都有，什麼都不缺，家裡有背景、長得漂亮、功課不錯，雖然功課的部分在我媽眼裡不能說是最好的。

我拿出一支筆跟一張便條紙，轉頭問柯向禹：「你要不要把你的心事寫在紙上？」

「為什麼？」

「你如果想知道我想幹嘛的話，就試試看吧。」我微笑的遞給他，然而，我也打算為自己寫一張。

柯向禹雖然感到困惑，但也還是接了過去。

我微笑的看著他思索一陣，最後拿起筆在他的便條紙寫下他的心事，而我也轉回視線，也寫下了我的心事。

「**希望可以自己決定未來。**」

我把便條紙對摺再對摺，看著柯向禹：「摺像這樣。」

柯向禹二話不說也直接照做，最後我接過他的「心事便條紙」之後，我笑著對他說：「看好喔！」

在他的注視之下，我用力地朝後方幾十公尺的垃圾桶用力一擲，那兩個便條紙瞬間埋沒在垃圾之中。

「感覺煩惱似乎暫時不見了。」我微笑的對他說。

柯向禹沒有說話，但他此刻看著我，最後嘴角微微揚起，笑了起來。

「你笑了耶。」我莞爾說道。

「有嗎？」柯向禹微微茫然。

「有啊。」我笑著說：「原來你也會有這樣的表情。」語畢，眼看下課鐘聲快響了，我便收拾桌上的筆記本跟筆，他笑起來，挺溫柔的呢。

收拾好東西，我轉過身，對站在原地的他說：「一路順風，新同學。希望你在高中最後的一年，找到自己的意義。對了，你的鋼琴是真的彈的很好，希望你可以考慮一下，為了自己，就考慮一下吧。」離去前，我還特地又說了一句：「加油！」

說完我便對他揮揮手，最後莞爾轉身離開回去教室。

4. 柯向禹

在薛玉棠用力地擲出我跟她寫的便條紙時，也在那一瞬間，我的煩惱似乎也變得微不足道了。因為在她丟擲的同時，似乎也一併把我的煩惱跟心事給丟了。

我笑了聲，最後舉步往前時，卻發現後方似乎有一雙眼睛在看著我。

我像是慢動作般的往後看，果然看到班導站在樓梯上。

「青春啊，真是熱血。十八歲的你們果然血氣方剛，讚！柯……向禹！你跑個屁啊！看到我就跑的你一點男子氣概都沒有！」班導在後頭高聲喊著。是的，在他講話的時候，我以跑走為上策。

今天是葉陽的生日，我找個理由放學不跟他一起離開，就是為了要去挑他的生日禮物。

我看了看錢包，於是去了一趟運動用品店。

從小到大，我們送給對方的禮物已經多到不勝枚舉，也算是非常的了解對方，畢竟也一起生活了十多年。

加上他願意捨棄他在前治的一切，陪我轉學到這裡，我更應該要送他有意義的禮物。

最後我挑了他最喜歡的深藍色名牌運動外套去結帳，拿著袋子走出來的時候，我想起我的立可帶也沒了，就順便進去隔壁的文具店。

當我在找立可帶的替換帶時，我看見旁邊的便條紙，它的款式居然跟薛玉棠用的是同一款。我的手情不自禁的拿起來看看。幾句對話也浮現在腦海。

『你要不要把你的心事寫在紙上？』

『為什麼？』

『你如果想知道我想幹嘛的話，就試試看吧。』

『你笑了耶。』

『有啊。原來你也會有這樣的表情。』

現在想起這句話，以及她的笑顏，我的心突然莫名的加速起來，我疑惑的摸著胸口，喃喃的說：「這是怎麼回事？是心悸嗎？」

🦋 🦋 🦋

我打開家門，剛洗好澡的葉陽走了過來，好奇問：「你放學跑去哪了啊？」

我莞爾一笑，不打算告訴他，於是說：「我要先去洗澡。」

「現在我們有祕密了喔，都不說了。」葉陽裝作無辜的說。

阿姨也探出頭，笑吟吟的說：「向禹啊，我今天也有煮幾樣你喜歡吃的菜喲，今天是葉陽生日，所以會很豐盛喔！」

「我知道。」我微笑回應，之後看著葉陽的眼睛，拍拍他的肩膀，最後帶著藏在書包裡的袋子溜進房間。

「向禹，吃飯了。」葉陽敲著門。

「好。」我回應了一聲，之後拿起袋子走出去。

「今天是葉陽十八歲生日！我的兒子終於十八歲了！」阿姨開心的準備一整桌的菜餚，比過年的年菜還來的豐盛，她笑吟吟的看著我：「下個月換向禹了呢，向禹也是我的兒子，我也要好好的為你慶祝十八歲！」

阿姨視我為己出，早已像親生母親一樣的照顧我，她對我的待遇有時候都會比葉陽好，然而葉陽也非常的照顧我，這時候，也是我該回饋一部分的時候了。

「葉陽，」我拿出摺好的外套遞給滿臉訝異的他，莞爾說道：「生日快樂。」

「這這這……」葉陽驚訝到差點連話都說不好：「你之所以放學說有事情，是為了買我的生日禮物？」

「是啊。想說十八歲就該送點有意義的，就買了外套給你了。還請你笑納呢。」我半開玩笑的說。

「向禹，」葉陽此刻認真的看著我，甚至我還看到他的眼光浮現了微微的淚光，「謝謝你的禮物，我非常的喜歡。沒有人比的上這份禮物，還有媽媽為我準備的菜餚。」

聽著他誠懇的一字一句，我有點不好意思。

「讓我抱一個！」葉陽這時笑著用力抱住我，我先是錯愕了一下，之後也笑了開來。阿姨先是看了我們一眼，也微笑的走過來，拍了拍我跟葉陽的肩膀。

吃完晚餐之後，我跟葉陽出來散個步，看著他穿著那件外套我不禁莞爾：「你還真的馬上就穿了。」

「沒辦法，我太喜歡了。」葉陽笑著說。

「你喜歡就好。」我也笑著。

「今天不去彈琴？」

我搖頭：「下次吧。」

「因為你們班導的關係嗎？」葉陽突如其來問了這個問題。

我停下腳步看向他，他也沒有要繼續拐彎抹角，直接說：「我中午就有看到你在操場，你們班導突然出現叫住你，但你跑走了，之後就被你班導發現我，他就過來找我講話了。」

什麼？班導到底是多堅持？

「向禹啊，」葉陽專注的看著我：「去參加吧。」

「別被過去束縛。」葉陽又說：「我已經很久沒有看到在大家面前彈琴的你了。」

畢竟在前治高中的時候，學校都會固定舉辦班際歌唱比賽，而我都是擔任鋼琴伴奏的那一位。

但是當時的我不知道，楊勝賢心中對我的介意越來越深。

「我考慮看看吧。」我隨口說。

葉陽看著我，像是想說什麼，卻始終都沒有說出口。

「怎麼了？」我問。

「你的手是怎麼回事？」葉陽指了指自己的手臂。

「中午在圖書館的時候，不小心被紙割傷的。」我簡單回應。

「沒事吧？」

「薛玉棠有帶我去保健室擦藥。」

「薛玉棠？她那時候也在圖書館？」

「是呀，其實今天我原本是為了躲班導才逃到圖書館，薛玉棠是後來才過來的。」

葉陽聞言只是點頭，沒有說話。

只是當時護住薛玉棠的時候，我的心跳又不由自主的加快。

「葉陽。」

「怎麼了？」

「我最近好像開始犯心悸了。」

5. 薛玉棠

今天的化學課要到化學專科教室做實驗，不過在做實驗之前，老師想先放影片，希望我們對於等下要做的實驗有所概念。

然而，化學教室的位子是三張長桌，同學隨意坐。我跟白苡禾還有唐孟婷則是在第三排中間坐了下來。

我看著投影片發呆，原先前方沒位子，之後卻有一個身影佔據了我的視線。

柯向禹就順勢的坐在我正前方，由於他比較晚來教室，基本上大家也都是坐第一排不然就是第三排，第二排反而是之後才來的同學坐下。

柯向禹沒有回頭，然而陳晉寶坐在他旁邊，因為魏青茹就坐在他前方。

「各位同學都到了吧！」化學老師拿著點名簿問道。

班上同學逐一點頭，之後老師就開始點名，點完名之後，就開始播放影片。

只是，柯向禹太高了，他有點擋到我的視線。

「薛玉棠，妳看不到是嗎？」老師發現了。

然而柯向禹聞言轉頭看著我，最後又把身子轉過去，只是這次，他竟然直接趴在桌子上，好讓我看的更清楚影片。

我微微訝異，看著他貼心的舉止，雖然我沒有怪他擋到我的視線，但心中那不安份的紊亂讓我一度無法好好地看影片。

放學前，我看著在收東西的柯向禹，白苡禾望了過來，悄聲問：「我得妳好像蠻在意柯向禹的欸。」

「有嗎？」

白苡禾思索了一下，又說：「我知道怎麼說了！看到妳這樣對柯向禹，我就想到我對葉陽也是很關心的心情！」

聞言我的心莫名揪緊了一下，之後說：「哪有！妳別把我跟妳扯一起！」

走出校門後，我跟白苡禾一邊逛街一邊聊天，最近課堂上都有大大小小的考試，想透過這次的逛街來宣洩一下沉悶。

帶著滿滿的「戰利品」準備回家時，當我們經過一個公園，白苡禾突然拉住我。

「怎麼了？」我疑惑的問。

「妳看廁所那邊。」白苡禾壓低聲音問。

我順著她說的方向看過去，廁所的位置有點偏僻，同時也被一些樹木擋住，我跟她稍稍往旁邊移動，卻看到幾個穿著跟我們一樣校服的學生，但很明顯是問題學生，他們竟然圍著一個拾荒老婦，不知道在做什麼。

「老太婆，錢交出來啊！」其中一個抽著煙的男同學居高臨下的對那位婦人說著。

「我的天，怎麼可以這樣欺負人！」白苡禾生氣的走過去，我趕緊拉住她，著急的問：「妳要幹嘛？」

「叫他們離開啊！」

「依我們的立場跟困境，根本沒辦法叫他們走吧。」我分析：「直接報警比較快！」

「喔對，妳報警，然後我拍照存證！」白苡禾恍然大悟，之後拿出手機。

正當我拿出手機報警時，白苡禾同時拍照存證，但是很不巧的是，其中一個人竟然正好看過來，不偏不倚的跟我們對到眼！

「欸幹！有兩個女生打算偷拍我們啊！」

「快跑！」我趕緊拉著白苡禾逃跑。

跑過一街又一街，最後我們在一間超商門口停下。

我們氣喘吁吁的往後看，發現他們沒有跟上，於是鬆了一口氣。

「他們應該沒有發現我們吧？」白苡禾擔心的說。

「不知道，但我們當下就跑走了，應該是不會看的很清楚吧。」我氣喘吁吁的說：「對了，我剛剛已經報警了，警察過去應該就會看到他們了。」

「那就好。」白苡禾拍了拍胸脯。

眼看天色逐漸暗下來，我對她說：「回去的路上小心一點。」

「妳也是，回到家傳個訊息告知對方好了。」白苡禾拍了我的肩膀。

我微笑點頭，之後向她揮手之後就各自離開。

早上在學校做完打掃工作，我拿起垃圾袋。往回收場走去。

正當我前往回收場的時候卻突然被叫住。「喂，薛玉棠。」

聞言我猛然站住腳步，之後回頭看。

那個男生朝我走來，就是昨天在公園欺負老婦人的學生之一。

「昨天就是妳跟另一個女生在現場目睹我們欺負一個歐巴桑的事情，對吧？」他冷笑著說：「別否認了，我就有看到妳，而且妳又是風雲人物，我哪能記不住妳，至於妳朋友，我也知道她長怎樣。」

我一步一步的後腿，而他卻一步一步的往前。

「這、這裡是學校！」雖然害怕，但我還是堅定的說。原本以為沒有被認出來，結果還是被發現了。

我渾身血液像是凍結般。而且這裡沒有什麼人經過，不知道會不會有人來……

「是學校又怎樣？要不是昨天我們跑的快，那位歐巴桑又不敢跟警察說實話，不然我們早就被抓啦。」

那群人是不良少年，在學校、在外面也都惹了非常多的事情，讓許多人敬而遠之。

然而沒有想到自己竟然有一天會被扯上關係。

「看我怎麼修理妳。」

我叫了一聲，趕緊閉上眼，下一秒，身上卻沒有任何痛楚。

我微微睜開眼睛，熟悉的背影此刻就擋在我面前，然而他抓住了那個男生的手腕。

柯向禹？他怎麼……

「你是誰啊！」那個男生用力地甩開他的手。

「轉學生。」

「轉學生？喔，那個強制轉學來的是嗎。你也是因為鬧事才來的吧？」那個男生冷笑著：「憑你這貨色？」

「不要欺負女孩子。這樣只會被看不起罷了。」柯向禹說出這句話時，使我睜大雙眼，天啊，他不知道眼前這個男生是不良學生嗎！惹上他可是很麻煩的！

「你這臭小子！」

「喂！」這時教官突然出現，那個男生臉色瞬間鐵青，在逃跑前不忘對我說：「跟你們還沒完，還有你，轉學生，我他媽記住你了。」

教官下一秒立刻追著那個男生跑，眼前的狀況暫時解除，我因為突然放鬆，就立刻跌坐在地，眼神空洞的看著前方。

柯向禹伸出了手，看似想拉我起來，我抬頭看他一眼，之後也顧不了那麼多，直接把手放在他的手掌上，順勢的被他拉起來。

「沒事吧？」柯向禹問。

我搖頭，之後說：「你下次看到這種情況能避開就避開。我不想拖累你，因為這是我自己的事情。不過，還是謝謝你。」我微微鞠躬之後，就低著頭走回教室了。

聽完稍早的來龍去脈之後，白苡禾訝異的說：「什麼，竟然發生這種事情？」之後滿臉歉意，用快哭出來的聲音說：「真的很對不起，都是我不好。」

「沒事的沒事的。幸好有柯向禹在，不然就真的完蛋了。」我如此說道。

白苡禾微微嘆氣，之後問：「今天放學是妳媽媽來載嗎？」

「沒有，她今天加班，我哥要晚自習。」

「我們今天放學一起走吧，分開的時候也盡量走人多的地方，過幾天應該就沒事了。」白苡禾說道，雖然她也不敢保證是不是之後他們就不會來找碴。

「也只能這樣了。」我無力的說。

「都要學測了，還遇到這種事情。」她也無奈的說。

放學時，白苡禾表示她想先去廁所，於是我在教室等她。

今天剛好也有補習班的課，不如我就直接到補習班，順便複習功課好了。我心想。

柯向禹看了我一眼，但也沒有說什麼，就離開了教室，不過他出去的那一剎那，我的手機傳了一則陌生訊息。

我狐疑的點進去看，竟然看到白苡禾狼狽的模樣。

她的頭髮很凌亂，看似起了爭執。

我渾身毛骨悚然了起來，接著下一則的訊息如此顯示：學校後方的破舊籃球場。妳不來，她就完蛋。

看著白苡禾還留在教室的書包，我不禁懷疑她被那群不良學生給帶走了。

我趕緊拿著她跟我的書包，迅速離開教室。

到了籃球場，一群女生圍繞在白苡禾旁邊，雖然白苡禾看上去沒有大礙，但是她此刻非常的害怕。

我趕緊跑過去，用力推開那些女生。

「搞什麼?我們聊的正開心欸。」那些女生笑著說。

「玉棠……」白苡禾害怕的拉著我袖子，我見狀趕緊拍了拍她的肩膀，表示沒事。

早上在回收場的男生走了過來，看到我們便露出大大的微笑：「很好，我們的恩怨就在這裡解決吧。」

「不過，」那個男生又說：「其實解決方法是不用暴力的，如果妳們有興趣，妳們想不想知道？」

我跟白苡禾狐疑的對望一眼，之後我問：「什麼方法？」

那個男生蹲下身，跟我平視，露出不懷好意的笑說：「我滿喜歡妳的耶，只要妳跟我在一起，我馬上放妳跟她走，然後這個帳就一筆勾銷，不錯吧?而且我保證，我會對妳非常的好。」

白苡禾當場愣住。我也是。

「我怎麼可能……會答應你這種要求？」我愣愣說道。

那個男生聞言訕笑：「我知道了，早上那個男生就是妳的男朋友是吧?我還記得要找他算帳呢。」

我冷冷看向他：「他不是我男朋友，你不要去找他麻煩。」

「幹嘛啊，反應那麼大？好吧，隨便。反正這麼好的機會妳放棄了，我也沒有什麼好說的了。」那個男生站起身，說：「修理她們一下吧。」

我跟白苡禾嚇得抱著對方，正當以為我們完蛋的時候。有兩個男生及時衝到我們面前，為我們擋下視線。

「葉、葉陽？」白苡禾訝異的說出那個人的名字。

眼前的人除了葉陽，竟然還有柯向禹。

他們兩個是怎麼找來這的？

「唉唷，你們兩個出現了啊。尤其是你，英雄救美是吧？」

「準備好了嗎？」柯向禹看著葉陽。

「當然。」葉陽微微勾起嘴角，之後他看向我們，說了句：「交給我們吧。」

語畢，他們兩個就跟其他人打了起來。

這一幕我越看越擔心，除了擔心他們兩個之外，我更擔心柯向禹。

但是葉陽跟柯向禹的身手還不錯，沒多久就是他們佔了上風。同時那群人也痛苦的倒在地上。

「快走！」柯向禹趁這時小心翼翼的扶我起來，護著我離開現場，葉陽也是護著白苡禾離開。

我們跑到不遠處的超商門口，柯向禹的右手依舊扶住我的肩膀，我看了一眼，之後抿著唇。

「很抱歉，害你們兩個也被牽扯進來。」白苡禾說。

「沒什麼，如果校方追究起，我們也算是正當防衛，不會有什麼事情的。」葉陽說歸說，但我發現他的視線，一直都落在柯向禹的手。

柯向禹這時也發覺到了，於是他趕緊鬆開，說：「抱歉。」

我微笑搖頭，「不會。謝謝。」

「謝謝你，葉陽。」白苡禾道謝著。

「不會。」葉陽回過神來，之後對她微笑著。

6. 柯向禹

「柯向禹，你最好不要再逃避。」班導竟然私下這樣密我。

我懊惱的搔著頭，不知道該怎麼回應。

然後我看到前面的白苡禾跟薛玉棠臉色凝重的討論事情，也讓我想起早上的時候，薛玉棠差點被找麻煩的事情。

話說回來，薛玉棠怎麼會惹到那種人呢？

「你在想什麼？」葉陽問。在中午的時候，葉陽表示不想在教室午休，於是我們就來到操場旁的樹蔭下乘涼。今年的冬天依舊不像冬天。

「沒有啊。」我隨口回應。

「當我不了解你呀，」葉陽失笑：「你只要有心事，都會一直放空，你的石門水庫沒關都不知道。」

「什麼？」我還真的當真，原本要檢查的時候——

「騙你的啦。」葉陽大笑。

我無言的看著他一會兒，之後說：「我覺得，我好像……」

「好像？」

「從來不曾對一個人有這樣的感覺。有點在意？」

「薛玉棠嗎？」葉陽冷不防提到了她的名字。

「嗯。」既然他都猜到了，那我也沒有要再隱瞞的意思了。

「你好像很在意她，你之前說你心悸，大概是因為想到她你心跳加速吧？」葉陽拍著我的肩膀，故作難過的說：「我的好弟弟似乎談戀愛了呢。」

「才沒這回事……」

放學時，我原本在樓梯口等葉陽下課，結果我卻看到薛玉棠匆匆忙忙的不知道要趕往哪裡，而且手上還拿著兩個書包。

該不會跟早上的事情有關吧？

「向禹。」葉陽這時揹著書包出現，他剛好也看到薛玉棠跑過去，好奇地問：「她跑那麼快是要做什麼？」

「葉陽，我覺得，她可能現在有麻煩。」我說。

「怎麼說？」

「早上的時候她就有被一個不良學生找上，我猜會不會是跟這件事情有關。」

「依她的性格，怎麼跟那些人勾搭上了？」葉陽也覺得奇怪。

還真的讓人有點不放心呀。

「走吧。」葉陽邁開步伐。「你在意她的話，我們就跟過去看看能幫忙什麼。」

「葉陽？」

葉陽轉過頭，露出一個奇怪的微笑，「第一次看到你這麼擔心人，還真難得。」

我跟葉陽趕到現場時，薛玉棠跟白苡禾抱在一起，前方站著早上那個男生，薛玉棠雖然露出害怕的表情，但不知道她是說了什麼，看似有點激怒了那個男生，在他出手之前，我趕緊跑去薛玉棠那裡。葉陽則是跟在我後面。

在一陣扭打之下，我發現這些人只是虛張聲勢，根本沒有什麼實力，我跟葉陽才沒出什麼力氣，每個人幾乎倒地。

「我的老天，他們是肉雞嗎？」葉陽也覺得有點傻眼，他這樣當場吐槽。

遠看教官已經跑了過來，最後我趕緊扶起薛玉棠，帶著她離開現場，而葉陽則是扶著白苡禾。

7. 薛玉棠

晚上在補習班的時候，一對一的教學方式雖然到現在還是不習慣，但為了成績，我只能忍了。

儘管今天遇到了多少事情，有點疲累，但我還是努力的撐著眼皮，專注精神上課。前陣子媽媽去參加大學同學會，回來就直接跟我說：「玉棠啊，妳要好好努力的讀書，考到好學校，這樣慢慢在我大學同學面前，才更能好好抬起頭來面對他們，他們的小孩都比妳大，但是都是讀好大學，也找到好工作，相信妳也可以的，對吧！」

可以的……才怪。我心想。

看著黑板上的重點，我便抄了下來，下禮拜要模擬考，至少把這個考試搞定。什麼都暫時先不去想了。

但發現過了三秒根本做不到！因為我滿腦子都是柯向禹！

「玉棠，妳需要中場休息嗎？」老師好奇地問。

「……好。」其實我應該要說沒關係的，但此刻的我確實需要休息一下。

從洗手間回來之後，老師原本在滑手機，剛好看到她跟一個暱稱「親愛的」在傳訊息，老師臉上的幸福連我都感受到了。

「喔，妳回來啦。」老師看到我便收起了手機。

「沒事呀，老師，妳繼續。」我也笑著說。

「妳是不想馬上上課吧。」老師笑著說：「老師可是經歷過你們的十八歲呢。」

「那老師，剛剛跟妳聊天的對象是誰呀？」

「我未婚夫呀，我們十八歲相戀到現在呢。今年已經三十二了呢，要定下來了。」難得看到老師這麼嬌羞的樣子。

「玉棠，坐一下吧。」老師拍了拍旁邊的椅子，我見狀也順從的坐下。

「妳上次說妳沒有目標，其實我一開始也跟妳媽媽談過妳的學業問題，其實妳資質不差，只是我有發現，妳媽媽對妳的期望是不是很高？」

我頓了一下，之後苦笑著：「可能是我的資質在家裡算是比較落後的，相對的媽媽她花在我身上的努力會更多吧。」

「玉棠，老師見過許多學生，其中也有跟妳一樣，未來的路都是父母決定，不過通常這樣的人，在未來必定會後悔。」老師這時目光沉了下來：「我覺得妳可以從現在就開始找尋妳自己的路。」

「試著溝通看看。」老師堅定的說：「未來妳的父母不可能一輩子都在妳身邊，過的好、過的不好，也是妳要去面對的。只是不希望妳將來會反過來怨恨他們。」

老師說的我都懂，只是我也很明白自己的能力、媽媽的脾氣、她的愛面子跟期望。

我哪能不明白呢？

第三章

1. 柯向禹

隔天一早到學校，不用班導來找我，我就直接去導師室找他了。

班導原先在吃早餐，看到我來眼睛瞬間一亮。

「來來來，你這小子，給我過來！」班導雙手叉腰看似裝兇狠，「我找你很久了，多會跑！這次運動會的大隊接力最後一棒就決定給你好了！」

「老師，我……」我抿唇：「才藝表演的報名表，要去哪裡拿？」

班導聞言再度睜大眼睛，但是這次，他卻給出了大大的笑容。

「向禹啊，你不錯，老師果然沒有看錯學生。」班導立刻從桌墊抽出一張報名表：「老師早就幫你留一張了，想說你再不報我就要幫你報了。」

「你這樣是偽造文書。」我還知道上面還要學生的親筆簽名才能交出去。

「哈哈哈哈，那麼認真幹嘛？」班導拍了拍我的肩膀：「說真的，所有學生裡，就你磁場跟我最合。」

我挑起一邊的眉毛，狐疑的看著他。

「真的啦！」班導之後小聲的說：「雖然其他老師都喜歡鍾恆那種的乖學生，不過呢，在我眼裡他則是都是把責任往自己的身上扛，不輕易對別人敞開心房。你看看他，當了三年的班長了呢。」

可是鍾恆在班上的表現確實很顯眼，我還是不明白我在班導眼裡有多特別。

「向禹啊，」班導拍了拍我的肩膀：「雖然有點對你抱歉，但你的事情，我先前有聽葉陽說了些。」班導說：「辛苦啦。」

我搖頭。

雖然班導有時候讓人摸不著頭緒，但是面對他，確實能夠讓我稍稍的，可以放開些。

「葉陽說，你們是兄弟。」班導說。

「名義上是，因為我是被葉陽的媽媽收養的。」

「葉陽是個好哥哥，他挺關心你的，前陣子跟他聊天的時候，他還要我好好地照顧你。」

我汗顏，葉陽是把我當成小孩子是嗎？

「葉陽確實一直都很照顧我，阿姨也是，所以我的童年成長算是挺幸福的。」我點頭說道。

「看的出來，」班導莞爾：「向禹，我曾說過，我想聽你說故事，對吧？」

我聞言立刻明白，班導希望我對他說出過去。

「你應該聽葉陽說過了吧？」我問。

「但那是葉陽他自己的觀點，我比較想聽你的。」

「我……」我搔了搔臉：「要從哪邊說起？」

「你覺得是人生的轉折的那部分吧。」班導耐心的看著我。

人生轉折的那部分，無疑就真的是楊勝賢對我的態度開始轉變的那一刻吧。

當初事發後，楊勝賢對我的看法、以及李華恩當初接觸他的目的，都成為他往後對我疙瘩的開始。

沒對葉陽說的實話及祕密，此時此刻也對班導訴說。

「……所以，」班導沉思：「你算是為了替他扛罪，所以才轉學過來？」

「一半是，一半……不是，」我低下頭，說：「其實我是可以為自己辯解的，但我沒有。因為知道了他對我真正的看法之後，我覺得繼續留在那裡，無疑是在他心上再多加些疙瘩跟壓力，因為他沒有什麼時間去尋找他的興趣，就是只有努力讀書獲得他父母的讚美跟期望。所以我離開，就可以替他擋掉一些的紛紛擾擾，而另一個部分是，我阿姨她身體有點不好，原先是畢業後才要搬回來這裡休養，只不過是計畫提前了。」

班導摸著下巴，之後微微一笑：「看來，你比我懂事多了，老師年輕時可是很頑劣的。」

我看向班導，頑劣這個詞其實跟他也搭不上邊，但是他也跟其他老師不太一樣。

「向禹啊，有時候事情轉折反而是個轉機，既然你選擇來到了新學校，那就擺脫過去的你，在這裡創造出一個屬於自己的價值，最後一年了，等你到了大學之後，再也不會有像高中時有本錢的衝勁。」班導又說了這段話。然而，鐘聲也在這時候響起。

「啊，回教室吧，準備早自修，下禮拜模擬考呢。」班導站起身，而此刻有個想法在我心中逐漸成形。

「老師。」我叫住了他。

班導一轉頭，我就問：「請問你那邊……有沒有音樂學校的資訊，像是招生簡章、錄取分數，以及考試科目之類的。」

班導聞言，之後微笑說：「我可以為你找找。畢竟為學生找出升學出路，也是班導的職責之一。柯向禹，不錯喔，才談了一下，你對我的信賴值就提升那麼多啦。」

「……」

「老師。」這時鍾恆站在門口，當他看到我，也是愣了一下，雖然我也是。

因為沒有想到會在這裡兩次都遇到他。

「班長，怎麼了嗎？」班導問。

「今天剛好是要換位子的時間，籤筒我已經做好了，想問老師何時換？」鍾恆問歸問，但他還是偷瞄了我好幾眼。

最後我向班導點頭致意，離開了導師室。

回到教室之後，我坐在位子上，看著薛玉棠的背影，等等要換位子，這也代表我可能就不會再坐在她後面了。

突然有種落寞的感覺。

「老天，希望我可以跟青茹坐在一起。」旁邊的陳晉寶拼命禱告。

「同學，因為這個位子是從五月開始坐到現在，跟班導商量過後，決定現在換位子。」鍾恆站在講台上，用一個紙箱搖了一下，又說：「裡面是座位的位子，例如1-1就是第一排第一個位子，請每個同學都照順序出來抽籤，全部抽完之後再到走廊排隊，拿著籤走到新座位。」

「那沒有問題的話，就請第一排的同學出來抽籤吧。」鍾恆看向我們這排的方向，因為我們就是坐第一排。

我排在薛玉棠後面，突然間感到很緊張，希望可以抽到好位子。

前方的薛玉棠抽完籤之後，她轉過身，跟我對到眼的時候，彷彿空氣中任何的雜音，我都聽不見了。

即便只有短短的一秒。

「我抽到3-4，妳呢？」前面的白苡禾說道。

「我坐在2-3。」薛玉棠笑著說。

「雖然有點可惜沒有坐一起，但至少還是在隔壁排。」白苡禾莞爾。

我攤開手中抽到的籤，上面寫著4-5，感覺離她有點遠。

殊不知陳晉寶湊過來看我的籤，直接說：「柯向禹，這回我們坐的有點遠啊，你坐在4-5，我坐在2-5耶。」

薛玉棠轉過頭，看似想說什麼，結果鍾恆就叫全班去走廊上排隊了。

班上的同學其實都挺聽鍾恆的話，不過他看起來也很有領導氣場，也是班上第一名。

同學們都在新的位子坐下，薛玉棠後面是魏青茹，魏青茹後面是陳晉寶，他此刻樂的很。

而我旁邊是坐著胡甚齊。鍾恆則是坐在胡甚齊的後面。

「如果沒有問題的話，我們現在就換位子吧！請各位同學東西收好，搬到新的座位上去吧！」鍾恆說完立刻下台，而大家也回去原本的位子開始收拾東西。

接著第一節是班會課，康樂股長胡甚齊站在台上，宣布：「我現在把大隊接力的棒次寫在黑板上，如果沒有問題，我們就要從下禮拜的體育課開始練習了。」

接著，他便轉身拿起粉筆，開始寫下棒次及對應的同學名字。

只是寫到後面的棒次，大家便更議論紛紛。

因為最後一棒不是連續當兩年的鍾恆。

而是我。

鍾恆則是排在我的前面。

「等一下，」鍾恆舉手：「為什麼我不是最後一棒？」

「這個嘛，因為我覺得新同學跑的挺快的，對班上來說是個主力。」胡甚齊聳肩。

「那也不該這樣亂排棒次吧？萬一因為你這樣的隨意變更以往的棒次，影響到今年的運動會成績呢？」鍾恆顯然不服。

「這……」胡甚齊面露難色：「這也是班導的意思。」

這回不只鍾恆，連我也愣住了。

「好了啦，鍾恆。」陳晉寶翹著二郎腿，悠哉的說：「我這個男生第一棒就沒有說什麼了，而且話也別說太死，你當了兩年的最後一棒，也沒有拿到第一名不是嗎？」

鍾恆微微皺起眉頭，雖然他沒有跟陳晉寶對罵，但看他的樣子，他很不服氣。

「好了，不要吵。」魏青茹也開口，但她是對著陳晉寶說的。

此刻氣氛暫時沉默下來，過了一陣子，鍾恆開口：「我知道了，就這樣吧。」

早上雖然發生這小插曲，但最後還是暫時的落幕了。

我看向走回位子上的胡甚齊，他對我笑了一下，而我猶豫了幾秒，之後小聲問：「你這樣的安排沒問題嗎？」

「其實我也有在想這個問題，畢竟鍾恆一直都是最後一棒。但是班導卻說了一句匪夷所思的話。」胡甚齊說。

「什麼？」

「他說人不可能一帆風順。就這樣。」

我狐疑的看著他，胡甚齊也只是聳肩，沒有說什麼。

2. 薛玉棠

今天換了位子，我坐在新的座位上，看著白苡禾坐的離我有點遠，讓我有點感到孤單，而柯向禹則是坐更遠。

不對，為什麼我會那麼在意柯向禹坐在哪裡？

不過接下來胡甚齊在黑板上寫下這次大隊接力的棒次，我以為最後一棒是鍾恆，結果沒有想到是柯向禹。

看到他名字的時候，我立刻轉頭看向他，他有點錯愕的看著黑板。

「哇，柯向禹跑最後一棒呢，我絕對要幫他加油。」坐在我後面的魏青茹開心的說。

雖然知道魏青茹從柯向禹轉來的那一天開始她就對他有好感，以往覺得沒有感覺，但為什麼這次聽到我會有點在意呢？

我看著柯向禹，最後抿了抿唇，把視線轉回黑板。

黑板上的名單，沒有我，但是有白苡禾。

「欸，我覺得柯向禹好像喜歡我。」

下午在福利社挑選飲料的我，聽到了魏青茹跟她的好朋友如此說道。

「那個女的又在說什麼東西？」旁邊的白苡禾聽到也不屑的皺眉。

「我有時候上課轉過頭去，都會看到他看過來呢。」魏青茹羞澀地摸著臉：「討厭，我好害羞。」

「哎呀，柯向禹不是都跟妳沒話說的嗎？」其中一個女生笑著說。

「可能他害羞吧？」另一個女生倒是幫腔。

聽著這些女生一句來一句去，我最後飲料隨便拿了一瓶，就跟著白苡禾一起去結帳。

心情莫名的悶，想要趕快逃離這裡。

「玉棠，放學要不要陪我去買東西？」白苡禾笑著問。

「好啊。」

「我想買氣球，還有一些糖果餅乾。」白苡禾說道。

「妳買這些東西是要做什麼的？」我好奇問。

「是這樣的，我媽是家扶的社工師，家扶星期六要辦活動，這些東西是要場佈用的。」

「妳媽媽是社工師？」我還真的不知道，因為白苡禾沒有對我提過。

「是呀。還是玉棠妳那天如果沒有事情，也可以來我們這裡參觀參觀。」

「可以嗎？」假日正好沒事情，我也不想要整天窩在家讀書，正想出去晃晃呢。

「可以呀，很歡迎的。」白苡禾笑著說。

午休時刻，我從廁所回來，正好看到柯向禹走上樓梯，看來，他是要去三樓的音樂教室吧？

我站在原地看他上樓，過了幾秒，我也跟著他的腳步踏上了樓梯。

這回我沒有直接走進教室，只是在樓梯口看著柯向禹走進音樂教室，接著鋼琴聲流暢的傳了出來，站在這裡的我也很沉浸的聆聽。

不過這首曲子，我倒是沒有聽過，不過很悅耳也很舒服。只是柯向禹彈到一半，就沒有再彈奏下去了。

偷偷望過去，柯向禹閉著眼睛，用他修長的手指在鍵側木旁敲著節奏。

我最後再看了他一眼，便轉身下樓，打算不去打擾他。

只是我想起他的次數好像更多了。

聽班上其他女生對柯向禹的描述，柯向禹的長相是女孩子會喜歡的類型，看似保養很好的皮膚、明亮的雙眼、恰到好處的五官，不過也因為他是強制轉學生，基於這點，在班上會跟他互動的女生，大概除了我跟白苡禾，再來就是魏青茹了吧。

回到家時，我才剛轉開門把，我就隱隱約約聽到媽媽講電話的聲音。

「……是、是是老師，對呀因為看到榜單跟網路上的評論寫說凡事在你教過的學生，成績一定突飛猛進，我女兒資質本身不錯，相信她可以的……」

聽到這裡，我不用想也知道，媽媽又在開始為我找補習班了，我把手放下，沒有轉開門把走進去屋子。

下禮拜是模擬考，考完之後若是成績沒有達到她的標準，她一定會幫我換一個補習班。

雖然我很不想去補習，但是我無可奈何。

不過這一次的補習班老師不像以往那些老師如此的一板一眼，她還會像跟朋友般的互動跟我聊天一下子，使上課的氣氛不再那麼的沉悶。

看到媽媽想找下一間補習班的積極態度，我站在門外，轉頭望著滿是烏雲的天空，深深嘆了一口氣。

真正讓我難受的，是媽媽每次為了要讓我進到名師的補習班，不得已低聲下氣的樣子。

為了我這個在家裡表現平庸，不論怎麼努力都到達不了頂尖的女兒，在家裡，在職場上充滿傲氣的媽媽，卻為了我如此謙卑。

我很瞭解自己，卻又不瞭解自己。

我掏出手機，發了一則簡訊給媽媽。

『我跟同學出去，晚餐不回來吃了。』

傳完之後，我便趁媽媽不注意時把門關上，想出門自己散散心。

我漫無目的的走進街上，看著路過的學生興高采烈的說要去哪裡玩，以及幾個跟我一樣是高三的學生，都在討論將來大學想讀哪一所。

沒錯，他們是「想讀」哪一所，而我則是「要讀」哪一所。

呆站在一家連鎖書店的櫥窗前，我也瞥見有個人正從書店裡面走出來。

那個人一走出來，我的目光便不動了。

「柯向禹？」

「妳怎麼……」柯向禹似乎在思考要問我什麼，我看到他買了書，外面還用書店的專屬袋子包了起來。

這時一滴雨滴落在我的臉上，我們兩個同時往上看，發現下起雨來了，而且雨勢也越來越大。

我原先自己用手擋著，但是下一秒，柯向禹竟然用他的書本擋在我的頭上，替我擋雨。

他此刻專注的看著我的模樣，使我也目不轉睛。

在雨中，這個場景是我始料未及的。

在騎樓下，我用衛生紙擦拭柯向禹買的書，幸好他買的書有上保鮮膜，雖然紙袋經過剛剛的淋雨已經爛掉了，保鮮膜部分只要用衛生紙擦乾就好。柯向禹買的書是雜誌類的，上面都是有關音樂以及鋼琴的。

「幸好書沒濕，」我有點好笑的說：「哪有人想到用書擋雨的，而你卻也沒有替自己擋雨。」

「當下沒有想太多……」

我莞爾，但雖然剛剛有稍微遮到一些雨，但我的長髮髮尾還是濕的。

我略感無奈的撥一撥，旁邊的柯向禹也在口袋裡翻找，最後似乎找出了什麼，最後遞給了我。

我定睛一看，發現是一包袖珍包衛生紙。

「拿去用吧，妳頭髮都濕了。」柯向禹貼心的說。

「……謝謝。」我接過，卻發現這包袖珍包沒有開封過。

我們之後沒有交談，只是站在騎樓下，等著雨停。

「我之後會還你一包。」我說。

「沒關係，就送妳吧。」

我跟柯向禹再次陷入沉默。

看著他的模樣，突然使我興起了想逗他的心情，於是我故意說：「你的袖珍包有點皺巴巴的。放在口袋太久了嗎？」

「有嗎？」

「有啊，你的制服也有點皺巴巴。」

「哪有，我每天都有燙欸。」柯向禹竟然當真了，還一直看著自己身上的制服，喃喃說道：「真的皺巴巴的嗎？」

看他這樣，害我有點不忍心再繼續玩他，於是我說：「我開玩笑的啦。」

他聞言才停下動作，之後有點無奈的看著我。

經過剛剛的拌嘴之後，我覺得我心情好多了。

看著雨勢逐漸變小，但還不能直接回家，我為了繼續打發時間，率先開口：「你剛剛是不是有事情想問我？」

3. 柯向禹

「你剛剛是不是有事情想問我？」在騎樓下躲雨時，薛玉棠突然這樣問我。

我聞言頓了一下，剛剛看到她略微憂鬱的樣子，跟在學校碰到她的時候完全不一樣，所以有點……在意。

但還沒來的及問出口就下雨了。

「嗯。」我點頭，隨口說：「只是想問妳怎麼在那裡。」

薛玉棠微笑，之後說：「我以為你會問我怎麼了。」

我思索了一陣，之後也說：「妳不也是嗎？」

她看了過來，我說：「妳一定也很好奇我為什麼會轉學過來，但妳也不問。」

「我覺得這件事情，要你自己願意說。」她莞爾：「雖然強制轉學過來的學生都是打架、闖禍居多，但我相信你不是。從你平常的做為就看的出來了。」

我一時沉默。

「其實是我媽想幫我換補習班，感到有點鬱悶而已，」薛玉棠微笑的看向我：「我出來散個心，等等就要回去了。」

我看著薛玉棠，雖然她看起來很像是溫室裡的小花，但我也發現，其實她並不像她外表那麼的無憂無慮。

「妳說對了一些。」這句話從我嘴裡脫口而出。

她好奇地看向我，但這時雨也逐漸停止。

「我不是個會打架闖禍的人。」我說。

「我知道你不是，」她噗哧一聲：「但我也想起前陣子你跟葉陽為了保護我跟白苡禾，卻跟那些人打架，幸好學校沒有發現這件事情。」

「那次是為了保護妳們，正當防衛。所以不算。」我反駁。

薛玉棠見狀直接笑出來：「柯向禹，你最近說的話真的很多，你有發現到嗎？」

「……有嗎？」我問。

薛玉棠微笑點頭，然後這時雨也完全停了。阿姨這時也傳簡訊告訴我她跟葉陽已經回家了。

「我先走了。」薛玉棠微笑說：「我該回去吃飯了，你也是吧？」

我點頭，之後說：「明天見。」

「明天見。」她的笑容，依舊映入在我的腦海。

想起先前能跟她說那麼多的話，我也始料未及。

似乎有什麼開始不一樣了。

「向禹。」葉陽敲了我房門。

「進來呀。」我說。

葉陽聞聲直接走了進來，手上除了講義，居然還有漫畫。

「你是進來看漫畫的嗎？」我失笑問。

「是呀，在學校讀太多了，回到家自然就想放縱嘛。而且來你房間還比較放鬆。」葉陽直接躺在床上開始看著漫畫，我見狀不禁莞爾。

「欸向禹，你怎麼現在就把熨斗跟制服放在旁邊了？不是每天早上你都會起來用嗎？」葉陽好奇問。

「喔，因為……制服看起來感覺還是有點皺皺的。」我支支吾吾的說，總不能說是被薛玉棠的話影響了吧。

「會嗎？你是怎麼了，何時會在意起這個來了？」葉陽笑著問。

「……」

「還是是女朋友說的？」

聽到這句話，我一臉疑惑的說：「我什麼時候有女朋友？」

「聽你們班講的啊，昨天在福利社你們班的同學都在傳，我還想說你有女朋友卻沒有跟我講？」

「不是。」我打住：「這根本就沒有的事情，他們有說我的女朋友是誰嗎？」

葉陽看了我一眼，之後說：「叫什麼茹的？」

我微微皺眉，開始思考班上同學名字有沒有茹的。

想了想，最後被我想到了。

魏青茹。陳晉寶心目中的女王。

至於為什麼會被傳成這樣，我也不是很瞭解，我只知道陳晉寶大概這幾天對我敵意一定很重。

「她不是我女朋友。我也不喜歡她。」我說。

「那你有喜歡誰嗎？」

「薛玉棠。」

此話一說出口，我趕緊用手遮住自己的嘴，像是要把剛剛的話給吞回去。

我剛剛連大腦都沒有經過，這三個字就直接從我嘴巴脫口而出。

葉陽那一閃而逝的眼神，讓我看了他一眼。

「我之前也有在校園看到你們，你們確實處的不錯。也很少看到你跟一個女孩子走的很近。」葉陽微笑說。

接著葉陽的手機傳來了提示音，我瞥見傳訊息給他的人，正是白苡禾。

我微微搔了搔頭：「不是這樣的……」

見葉陽一臉認真的回覆對方的訊息，我未曾看過葉陽對一個女孩如此的認真。

「葉陽。」

「怎？」

「你對白苡禾有什麼看法嗎？」

「就覺得很聊的來，跟她聊天其實蠻愉快的。」

我聞言點了點頭，之後說：「你要不要考慮一下她？我相信阿姨不會反對你交女朋友。」

葉陽這時定定地看著我，突然間靠我靠的很近，讓我有點嚇到。

下一秒，葉陽卻後退，也笑了：「你真的很容易被嚇到。」

「你剛剛是故意的嗎？」若我重心再不穩一點，就會被他撲倒在床上了。

「對啊，想看你的反應，我的惡趣味。」葉陽站起身，之後若有所思的說：「白苡禾她……確實是個好女孩。不過……」

此刻他背對著我，我看不到他的表情。

他轉過頭，笑著說：「感情這件事情本來就是隨緣啊。好啦，不打擾你，我先回去房間了。」

他頭也不回的把門打開，接著關上離開了。

「葉……」都還沒來的及叫他呢。

現在的我，不知不覺都會往薛玉棠的座位方向看過去，都會看她現在在做什麼。不過當我再次看過去的時候，坐在薛玉棠後面的魏青茹立馬轉過頭來，對我露出微笑。

仔細想起，雖然我沒有很在意班上現在的八卦，但確實有聽到說我跟魏青茹在交往，我想說班上的人很無聊，都會亂傳一些無中生有的事情。像是鍾恆喜歡薛玉棠，也有聽說他被她拒絕很多次，但是也是有人說其實他們兩個在祕密交往。

我想之所以會傳出我跟魏青茹的八卦，會不會是她以為我都在看她？

我搔了搔頭，旁邊的胡甚齊這時問我：「你數學講義寫完了沒，老師等等要檢查。沒有寫沒有完成的是要到後面罰站的。」

「有啊，我有寫。」前陣子不會的還跑去找葉陽教我。

下一節課就是數學課，我摸了摸抽屜，發現沒有我的數學講義，之後我看向後方的書櫃，教室後面有個書櫃，供給學生使用，還有按照號碼，所以每個學生都有自己的小書櫃。我走到後面，發現也沒有看到。

是我沒有帶來學校嗎？不可能吧，我印象中昨天還把那本放在學校抽屜了呢。

慘了，我再沒有找到，我就真的要罰站了。

我略帶眼神死的回到座位，胡甚齊問：「怎麼了？」

「完了，我的講義好像不是不見，不然就是真的被我放在家裡。」我喃喃說道。我還是很確定講義不可能在我家，但憑空消失也太誇張了，而且我還有寫名字，照理來說不可能會被偷走。

「同學們，數學講義放在桌上，我要來檢查你們有沒有寫到我要求的進度。」數學老師走下來，看著同學們桌上的講義。

我花了一個禮拜的時間努力完成那本講義，怎麼現在突然憑空消失了呢。

數學老師越接近我的位子，我就越坐立難安。

「柯向禹，你的講義呢？」數學老師瞇起了眼，而我這時也瞥見薛玉棠看了過來。

「……我沒有帶到。」我說。

但是數學老師明顯不信，但是他也沒有說什麼，只是說：「沒帶就等於沒完成，我說過沒完成要去罰站吧。」

「……」

「去後面罰站。」

聞言我站了起來，不過正我轉過身的時候，剛好跟陳晉寶對上了眼。

他戲謔一笑，我瞬間明白我的數學講義跑去哪了。

被他給藏起來了。

他會這樣搞，無疑就是跟魏青茹有關係。

但這時去找他要數學講義，他不可能會交出來。

我無奈的橫了他一眼，但最後也還是認命的站在後面罰站一節課。

午休的時候，我前往我負責的回收場，但從遠處我就看見裡頭突然扔出幾瓶鋁箔包，我微微皺眉，誰在那裡亂丟垃圾的？若是被衛生組長發現，我們班可是會被扣分的啊。

走近垃圾場，果不其然被我猜到了。

陳晉寶在裡面把其中一包垃圾打開，弄的裡頭亂七八糟的。其中一個鋁箔包還被拋出來，正好被我順手接住。

「陳晉寶，」我無奈的說：「你為什麼要浪費時間做這些無聊的事情？還有，我的數學講義果然就是你搞的鬼的吧？」

陳晉寶瞪了我一眼，之後重重的把垃圾袋放下，雙手叉腰的說：「你！都是因為你！只是長得比我帥一點，我的青茹女王就被你迷的死心塌地，還說什麼她的男朋友是你，我、我……」他氣到連話都說不下去。

「這你可以放心，我對她完全沒有興趣。」我一邊彎腰撿起垃圾，一邊說：「我相信只要你再主動一點，她會明白你的心意，你把時間花在要如何讓她看到你，這才是你該做的。」

陳晉寶沒有說話，我又補了一句：「你就直接跟她告白吧。」

「柯向禹你瘋了嗎？」陳晉寶坐在一個大桶子上：「是要害我被她殺了是不是？她連一句話都不聽，何況告白？」

聞言我點頭，故作輕鬆的說：「那你是想被她殺了，還是想跟她在一起？」

「那還用問！當然是在一起啊。」

「那就拿出決心吧，連告白都還沒做，就認定她不會接受你。」我邊說邊收拾場面。

「欸，你真的不喜歡她齁。」

「不喜歡。」

陳晉寶看了我一眼，之後像是良心發現般，便主動幫我整理現場的垃圾。

「暫且相信你。你的數學講義，我等下還給你。」陳晉寶說。

我笑了一下，沒有說話。

「柯向禹。」

「嗯？」

「那你喜歡的人，該不會就是……薛玉棠吧？」

「數學講義，」我說：「記得要還我。」

離開前，陳晉寶在我耳邊小聲的說：「剛剛你對我說的那些話，那現在我也還給你。喜歡就去告白啊。」只見他露出笑容又說：「反正她確實不喜歡鍾恆，你的機會還比較大呢。」

4. 薛玉棠

補習班老師走了進來，我見狀趕緊坐直，讓自己集中精神上課。

「玉棠，妳媽媽剛剛打電話來，說妳就上到這個月而已。」老師說道。

「咦？」我訝異的發出聲音。這個月也剩沒幾天了啊！

媽媽的動作竟然那麼快嗎……我都還沒跟她商量呢。

雖然這堂課是一對一教學，但是老師卻是我待過所有補習班裡面最為親切、也很為學生著想的一個老師，上課偶爾還會陪我聊聊未來的規劃，使這堂課不再那麼的沉悶。

說真的，我不想再換補習班了。

「玉棠，老師帶過的學生來來去去好幾個，唯獨妳大概是最讓我無法放心的，」老師此刻微笑看著我：「希望在妳離開補習班之前，至少有個屬於妳自己想要的目標。」

「屬於自己的……目標？」我喃喃重複老師的話。

「妳的朋友應該都有自己的目標吧？」老師問。

我這時想起，確實是呢。

白苡禾想讀觀光系，她一直說她很想當導遊。

柯向禹喜歡彈鋼琴，他的目標是音樂學校。

我呢？

考上最高學府，是媽媽想要的，不是我想要的。

「我們先上課吧，」老師微笑說道：「這個部分妳回去要慢慢思考。」

我聞言微笑點頭，最後決定繼續專心上課。

這個週末告知媽媽要跟白苡禾出去，媽媽只說一句早點回來。

坐公車到站之後，我看到白苡禾在不遠處等著我了。

「機構在不遠處，大概走個五分鐘就到了。」白苡禾微笑說道。

我微笑點頭，之後一邊走去機構一邊聊著天。

「我最近跟葉陽聊的很愉快。」白苡禾羞澀地說：「我問他將來想讀什麼科系，他說大概是資訊系。」

「資訊系嗎？」我略感訝異，這跟柯向禹的性質差好多啊。

不知不覺，我們就已經走到一間家扶中心的門前。

裡面有一些貴賓、小孩還有工作人員。

「苡禾！」一個中年女子喊了她。

「我媽在那，我們過去吧。」白苡禾就這樣拉著我的手過去她媽媽那裡。

「阿姨好。」我上前的第一件事就是跟白苡禾的媽媽打招呼。

「玉棠呀，我們家苡禾很常說到妳呢，妳好呀。」白苡禾的媽媽親切的笑著說。

看著白苡禾的媽媽穿著家扶中心的背心，而且還掛著社工師的名牌，在台前場佈以及給來賓們簽到，而我跟白苡禾就附近幕後的佈置。

佈置完之後，白苡禾的媽媽開幕時附近暖場，之後就有別的社工來交接，做為接下來的主持活動。

這樣幫忙搬東西以及場佈下來，我們兩個就累得汗流浹背，白苡禾的媽媽經過對我們笑著說：「辛苦啦，我辦公室有冷氣，看妳們要不要進來吹。」

在辦公室裡，白苡禾的媽媽在用電腦，似乎在處理資料，而白苡禾則是躺在沙發上滑著手機，看她的表情如此愉悅，想必是跟葉陽在聊天吧。

這時有一個社工員走了進來，對著白苡禾的媽媽說：「翁姊，這次的個案訪視您約好時間了嗎？」

白苡禾的媽媽微微抬頭，微笑說：「已經約了，大概約在下禮拜五下午，剛好那戶的孩子下課了。」

「好的，明白。」

社工員離去之後，我突然對白苡禾媽媽從事的社工產生了一些興趣，最後鼓起勇氣站起身走向她。

「玉棠，怎麼了嗎？」白苡禾的媽媽問道，而在沙發的白苡禾也好奇的看著我。

「冒昧問阿姨一個問題，」我抿著唇，最後還是開口：「我想瞭解，社工的工作是什麼。」

白苡禾的媽媽微微訝異的問：「妳有興趣，是嗎？」

有興趣是嗎？其實我也是第一次萌生出這個想法，我對其他事情熱情都不大，也沒有興趣。其實之前就有聽說「社工系」這個科系，但我卻沒有實際接觸過，我覺得，這也是個難得的機會，我想瞭解這個科系的運作。

但這會不會真的去讀，我根本不敢想。

「先在旁邊坐一下吧，」白苡禾的媽媽微笑說：「我可以先告訴妳做社工基本的作業。」

接著，白苡禾的媽媽把電腦的檔案給我看，上面是個案的處遇計畫、基本資料，還有方案的活動規劃……等。

「這些都是我們社工都要處理的工作，妳聽到的社工，無疑就是『幫助社會上弱勢的人』，對吧？」

我頓了一下，之後點頭。

「其實確實是如此，不過社工跟志工性質不一樣，社工其實不好讀，我們不但要上專業課程，很重視實作經驗，簡言之，就是要跟『人』互動的職業。而且，社工也是有社工師考照的。」

我聞言微微睜大雙眼，瞬間顛覆了我對社工的印象，原來除了助人，竟然還要有具備專業知能。

然而，也勾起了我的興趣。

「阿姨，」我開口：「可以多告訴我一些有關社工的事情嗎？」

即使知道目前的自己無法讀社工系，但我還是想知道有關這科系的一切。

自從聽白苡禾的媽媽向我分析社工師這條路不好走，而且其實也很多面向，像現在的趨勢則是長照社工做為熱門，社工有分兒少、老人、婦女以及其他弱勢族群的部分，白苡禾的媽媽則是走兒少社工這一塊。

原來社工是如此讓人敬業的職業，那天回家之後，我一直上網查詢有關社工的文章跟文獻，書差點都忘記看了。

了解了社工這塊領域，我打開有關社工系的招生簡章、入學門檻，但找到一半，媽媽突然探頭進來：「我剛剛就一直聽到按滑鼠的聲音，妳都沒有在讀書，一直在玩電腦？」

「我在找資料。」我回頭說。雖然這不是謊言，但還是有點心虛。

媽媽沒有走進來，只是說：「自己注意一下時間。」

「好。」最後看著媽媽關上了門，我回頭看向電腦螢幕，最後還是把網頁給關掉了。

5. 柯向禹

今天早上我在回收場整理垃圾時，有一個人走了進來。

我看了過去，竟然是鍾恆。

「怎麼了嗎？」我一邊做回收一邊問。

「沒什麼，我只是突然想到，你轉來到現在，我都還沒好好認識你。」

「不用了。反正我跟你們相處的時間大概也只有一年。」我回答。其實主要是因為，鍾恆一直都對我很有敵意，能不跟他接觸，我就盡量不接觸。

「玉棠的家管很嚴，她媽媽對於她的課業很在意。」鍾恆冷不防說道。

我抬眸看向他，想知道他到底想說什麼。

其實主要的原因是，他講到薛玉棠，有關於她的事情，我就無法控制我自己不去聽。

「玉棠大概是同情你，所以她才會跟你走的比較近。」鍾恆挑起眉：「你可別拖累到她的成績，因為下場不是你負責得起的。」

我看向他，而他只是聳肩，之後轉身走人。

鍾恆走了之後，回收場又只剩我一個。我漫不經心的繼續整理垃圾，卻也忍不住的把思緒飄到鍾恆剛剛說的話份上。

記憶裡她明亮的雙眼，清新的笑顏，是如此的透徹。

鍾恆一直都喜歡薛玉棠，但是她不喜歡他。這點大家都知道。

明明告訴自己不要被鍾恆這個人影響到，但對於他那越來越明顯的敵意也開始令人煩躁。

台上的老師像是在讀台本一樣的念著課本的內容，底下的學生大部分都昏昏欲睡。旁邊的胡甚齊也趴著睡著了。

我看向薛玉棠的方向，她正在專心抄筆記，而這時她突然轉頭過來，看著我的方向，我心一緊，像是怕被她發現似的，我趕緊轉過頭看向台上的老師。

放在抽屜的手機突然震動，我看了一眼，之後拿出來看是什麼通知，結果看到這則簡訊，我瞪大了雙眼。

「我是楊勝賢。中午十二點的時候，你可以來學校後門嗎？我會在那裡等你。」

看著牆上掛著的時鐘，距離下課時間，也就是中午十二點，還有六分鐘。

聽到鐘聲響起，老師說下課之後，我便趕緊站起身往後門奔去。

有一段時間訊息全無的楊勝賢，此刻卻突然出現了。

因為剛下課，還沒有什麼學生出來，後門口有一名穿著黑色外套，帶著鴨舌帽的男孩就站在那，他看到我，便露出了我記憶所及的笑容。

「向禹啊。」楊勝賢莞爾說：「真的好久不見了。我用新手機跟你聯絡，你有嚇到嗎？」

「你過的好嗎？」我壓抑著顫抖的語氣問。

「我已經退學了。」他微微一笑：「今天早上去申請的。」

「什麼？」我登時訝異到說不出話。

「對不起，我辜負了你的用心。」楊勝賢哀戚的笑著：「可是向禹，我相信你很了解我，其實我一直都過的不快樂，你離開之後，我以為我的生活會有好轉，但是並沒有，我的生活除了一成不變，還有對你跟葉陽的愧疚。」

「我過的從來不是自己的人生……」他喃喃的說：「我爸照樣用難聽的字眼罵我，而我之前在學校做的事情，都是你幫我承擔的，這些事情大家幾乎都知道。我啊……一直都很糟糕呢。這次回來找你，看你過的好，我就放心了。」

這句話我聽的有點心驚膽戰，我拉住他的袖子：「你現在回去學校還來的及，快點回去！」

為什麼他這回變得這麼蠻幹？要是他爸知道他這樣，無疑是自找死路。

楊勝賢微笑搖頭，「我一直都很很後悔之前做的事情，但這一次，我卻完全沒有後悔之意，反而還比較輕鬆。」

「發生了什麼事情嗎？」我越聽越不對勁：「不，應該說，你等等要去哪裡？你有什麼打算？」

「當然是回家啊。」楊勝賢笑著說。

「那我現在就跟你回去。」我堅定的說。

「柯向禹，你不該再為了我，做出不利於你自己的事情，」楊勝賢也嚴肅了起來：「你好不容易有了新的校園生活，不該為了我再重蹈覆轍，而且我也說過了，我這次來找你，是看你現在過的好不好，不過現在我也已經放心了。」

見我還是堅持要陪他回去，他最後說：「我答應你，我若回到家，一定會傳簡訊通知你。」

「你還沒吃飯吧，快點去吃吧。」楊勝賢揮了揮手，示意我趕快回教室。

但是我的腳彷彿是被什麼給定住了，都移動不了半步。

只能眼睜睜的看著他離開。

突然間，我有種不好的預感。

這次見面之後，以後永遠都沒有機會再見到他了。

遇見楊勝賢之後，我的心情沒有重逢的喜悅，反而是滿滿的焦躁不安。

畢竟他都說出很奇怪又疏離的話，原本想告訴葉陽，但是想到葉陽現在如此的討厭楊勝賢，強烈反對我再跟他有來往。因此我陷入了猶豫。

下午的體育課，老師說要練習大隊接力，只是在這之前也先讓我們打籃球，胡甚齊跟陳晉寶則是同時邀我跟他們一起打球。

楊勝賢的事情讓我非常的在意，就是因為太過在意，以至於沒有注意到旁邊的人，因此，在我要去搶球的時候，不慎被隊友絆倒。

我在球場上一開始痛到無法動彈，之後稍微吃力地坐起身，發現膝蓋上多了擦傷。

「向禹！你有沒有怎樣？」胡甚齊趕緊過來，其他人也是。

我稍微抬眸，看見了鍾恆的眼光露出奇異的光芒。

隨後薛玉棠用擔心的臉龐湊了過來。

「去保健室擦藥吧。」胡甚齊扶了我起來，他擔心的問我：「走的動嗎？」

我咬牙點頭，之後任由他扶我到保健室。

我聽從護士阿姨的指示坐在床上，接著她就直接在我膝蓋上淋上食鹽水，我痛到差點叫出來。

「忍著點，我現在幫你的傷口清洗乾淨，你的膝蓋都是沙子呢。打球要多注意啊。」護士阿姨不以為意的說。

「向禹啊，你這樣……等等就要跑大隊接力欸。」胡甚齊擔心的說。

我垂下眼簾，看著護士阿姨幫我貼上紗布。

「胡甚齊，老師叫你回去操場，柯向禹這邊我來幫忙就好。」這時鍾恆突然出現在門口。

「啊，好。向禹，你可不要勉強喔。」胡甚齊說完先離開了。

鍾恆這時走了進來，護士阿姨也剛好起身去忙她的事情了。

「還好嗎？」鍾恆問。

這時看著他的神情，我突然明白他來這裡的目的了，

「向禹啊，我來的這裡的原因，是除了看你有沒有怎樣，再來是……」

「再來是看要不要我把最後一棒的位子讓給你？」我接下去他還沒說完的話。

鍾恆一愣，之後笑著說：「不錯，你比我想像中還要聰明。」

「不可能。」也許以往的我會同意會妥協，但是這次，我卻怎樣也不想。

「什麼？」

「我不可能把最後一棒讓給你，」我一字一句慢慢說：「運動會那一天，我不可能會讓我們

班洩氣的。」

「為什麼要那麼堅持？你現在是傷兵呢。」鍾恆訕笑：「還是你想表現給誰看？玉棠嗎？」

「我都被她看不上了，何況是你，轉學生。」鍾恆用著只有我們兩個人的聲音說道。

「來打個賭。」鍾恆挑眉：「你證明你比我厲害，那麼，我就不會阻擾你去追玉棠。」

「我為什麼要跟你賭這個？」我皺眉問。

「你怕？」

「我是覺得沒必要。」我扶著床沿站起身：「總之，我不會讓出最後一棒的位子，我會參加練習，就這樣。」

正當我要離開的時候，鍾恆冷不防抓住我的肩膀，我轉頭看向他，只見鍾恆微笑：「你已經拖累玉棠了，那你可別拖累全班。」

鍾恆說完，便丟下我直接離開保健室。

但因為我腳受傷，所以之後大隊接力我的部分是陳晉寶代替我跑的。

「算是賠罪上次藏你數學講義的賠禮。」他那時候這樣對我說。而我只是莞爾。

在胡甚齊陪同之下，我算是很順利的回到教室了。

走到教室時，原本在跟白苡禾聊天的薛玉棠，看到我走進來，她微笑的用嘴型問我：「還好嗎？」

她那真切的眼神，使我移不開目光。

坐下之後，我拿出手機看了看，距離跟楊勝賢見面，已經過了兩個小時，他怎麼還沒傳簡訊跟我報平安呢？我不安的想。

「柯向禹！你這是怎麼回事？」放學時，當我走到門口時，葉陽看到整個傻眼。

「打籃球不小心摔倒的。」我回應。

「嚴不嚴重啊？」

我搖頭：「過三天應該就沒事了。」

葉陽擔心的看著我，說：「如果到時候傷勢還是很嚴重，你可不要勉強自己跑最後一棒，知不知道？不然，我會生氣。」他可是認真的，講到最後，他的臉微微嚴肅起來。

我見狀失笑：「我知道了，你放心吧。」

於是，我跟葉陽就走到附近去等公車，然而在這時，我也看到薛玉棠走出校門口，她坐上白色轎車，駕駛座坐著一個女人，看起來好像是她媽媽來載她的。

直到那台車駛離我的視線，我也沒有把目光收回。

「向禹。」葉陽突然叫了我。

「怎麼了？」

「明天是你生日。」葉陽微笑著：「你終於十八歲了。」

聞言我愣了一下，這陣子太忙，都忘記了自己的生日。

「明天剛好也是假日，我跟我媽要好好為你慶生！」

「生日而已，又沒什麼。」我笑著說。

「就是因為生日，而且是十八歲生日，更要慶祝！」葉陽之後略感落寞的說：「而且，明年我們說不定就不住在家裡了呢。」

我聽著，也發現到這個問題。

明年的現在，我們已經讀大學了。

而且我跟葉陽，大學也沒有打算讀同一所。

晚上十二點整，我的手機突然震動了一下。

『向禹，生日快樂。故意過了晚上十二點才傳訊息給你。我已經回到家了，沒事的，不用擔心。晚安。』

是楊勝賢傳來的訊息。雖然他確實有對我報平安了，但是心中的不安沒有減少。

我閉上眼睛，期望著楊勝賢可以過的很好，衷心的希望著。

第四章

1. 薛玉棠

「我今天就帶妳去新的補習班上課。」今天放學時，媽媽開車來載我，而才剛坐上後座的我，突然聽到媽媽這樣說。

毫無預警的宣布換補習班，使我有點無法接受。

「媽，我不是還剩一堂課嗎？至少讓我結束那裡的課程吧？」我有點不服的說。

「妳沒差那堂課。今天那邊的老師跟我約今天讓妳去上課，妳就過去吧，早點適應也好。那間補習班妳也不用再去了。」媽媽如此說。

媽媽這樣不給人反駁餘地的態度讓我敢怒卻不敢言，即使再怎麼不愉快，我也無法說什麼。

「薛玉棠，我可沒那個時間陪妳耍任性，總之媽媽不會害妳，我是為了妳好。那間補習班可是出了名的好。妳去那裡就好好上課，知道嗎？」媽媽透過後照鏡看著我。

「……知道了。」我無力的說。最後依靠在椅背上，看著因隨著車子前進，而車窗外流逝的景象。

「老師，這就是我女兒。」到了補習班，媽媽如此介紹著我，站在我眼前的是一位戴著眼鏡的男老師，比起上一間的女老師，這個老師氣場更讓人難以親近。

「嗯，薛玉棠，是嗎？」老師的語氣不帶任何起伏。

「老師好。」我微微鞠躬。

「距離上課還有五分鐘，妳先上去吧，教室在右轉第一間。」老師說。

我聞言點頭，之後在上樓前，還特地看了媽媽一眼，媽媽見狀只是微笑點頭。

然而上樓之前，隱隱約約還聽到老師跟媽媽的對話。

對話內容無疑是，媽媽總是對我的成績不滿意。

不論換了多少間補習班，她永遠都不滿意。

走進教室，裡頭只有三位學生，看著他們的制服，是明星高中的制服，然而他們的學校離這裡也要半小時的車程，而且也聽說，不是每個人都可以進來這間補習班的。

教室裡頭非常的安靜，他們都低著頭努力讀書，而我的高中雖然不差，但也差了他們的學校好幾個階級，我知道我跟他們格格不入，於是我選擇坐在離他們有些距離的位子。

他們聽到聲音，不約而同的同時轉頭看向我，我見狀微微一愣，原本要微笑對他們說不好意思的時候，他們卻也冷冷的轉過頭去了。

頓時氣氛感到非常的冷，還是說是教室的空調太強了呢？

我默默坐下，原本想拿出手機看一下時間，但看到眼前的他們開始埋頭苦讀，打消了我拿出手機的念頭。

「好了，同學。上課了。」老師這時給我一份影印的講義跟習題，讓我可以跟上他們的進度。

果然是名不虛傳的頂尖補習班，媽媽為了我的成績，花費了很大的心思。

看著眼前老師寫滿整個黑板的公式跟重點，以及不帶起伏的講解聲音，也讓我想起除了上一所的補習班，其餘的老師都是跟他一樣。

原先沉悶的氣氛，更為死寂。

此刻教室教室內只剩電風扇在運轉的聲音，我的手不停歇的抄著重點，心思也不知不覺飄到下午體育課的時候——

柯向禹當時不小心被絆倒，看著他痛苦的樣子，我竟然感到非常的心疼。

之後我原本想去保健室看他，但是礙於上課時間，加上胡甚齊也有陪他去。

我該用什麼身分去看他呢？朋友嗎？

但之後到了大隊接力練習的時刻，柯向禹出現了。

他的膝蓋貼了紗布，走路看起來有點不穩，看了令人擔心。

但是他堅持不換棒次，雖然今天的他無法下場練習，但是他的堅持，不禁讓我感到有點動容。

當時我坐在位子上佯裝複習下一堂課的課本，但其實在留意他有沒有回來教室。

「玉棠！」白苡禾笑咪咪的出現在我面前。

「什麼了？」

白苡禾突然靠近我的臉，微笑說：「妳在等柯向禹回來對不對？」

「哪、哪有？」我趕緊否認，但想說對象是白苡禾，我幹嘛說謊？於是又改口：「對啦。」

「我沒有想到，原來柯向禹也會有堅持的一面。」白苡禾用手指敲了敲我的桌子：「不然平常看他什麼事情都不在乎的。」

我聞言點頭，之後白苡禾又說：「還真的有點帥呢。」

我抬眸看向她，難不成她放棄葉陽，目標轉向柯向禹？

也許是看出了我的想法，白苡禾趕緊說：「可別想多了，我心中只有葉陽一人，我可是很專情的。」

我笑了出來，之後說：「是是是，我知道。」

沒多久柯向禹便走了進來，我趕緊把目光放回眼前的課本上，假裝在看書。但眼角餘光還是在注意他的一舉一動。

我轉過頭去，看到他也正好看過來，我用嘴型問他：還好嗎？

看著他的笑顏，彷彿自己被洗滌了一般。

「新同學，課程跟的上嗎？」補習班老師的聲音使我拉回思緒。

「嗯，沒問題。」我趕緊點頭，然而其他同學連頭都沒有轉過來。

其實我也沒有說謊，我雖然在想柯向禹的事情，但我還是有在聽課的。

只是這一次，學生之間的氣場也讓我感到不舒服。以往即便再怎麼沉悶，至少學生間還會彼此互動著。

但這一次，除了沒有互動，甚至有點被排外的感覺。

我拿著原子筆，趕緊寫下重點，我來這裡的目的不是交朋友的。是為了提升成績的。

下課時間，我拿著水壺走到一樓後面裝水。

在漆黑的茶水間，是我唯一能放鬆的地方。

裝完水之後的我沒有馬上回到教室，反正老師還在樓下，就代表還沒上課。我就站在茶水間，喝了幾口水。

「那個新來的程度如何？」櫃檯的小姐問道。我沒有記錯的話，她的工作是負責接洽、收學費以及幫忙印講義跟考卷。

「程度算還可以，但是說到我們這間補習班的水準，絲毫沒有沾上邊。」老師說。

「那孩子程度不差，要不是她媽媽連續兩個月來這裡鞠躬哈腰，看她這樣，我們就破例勉強讓她進了。」櫃檯小姐無奈說道：「名師補習班，可不是那麼好混的。因為她媽媽是老師你的學姊嘛，我們可是放棄了另一個要來上課的明星高中的學生呢。」

站在茶水間的我，愣愣的站在原地，手裡握著水壺的力道逐漸加緊。

媽媽為了我……來這裡拜託了兩個月？

為什麼我都不知道？

為什麼不跟我商量？

我一直以來都不喜歡媽媽這樣為了找補習班而四處奔走，最令我難受的是，她為了我，不得不拿下她的自尊，媽媽在公司、在家庭是個自尊心極高的人，居然會這樣打破她的原則。

我微微感到鼻酸，雖然對媽媽很心疼，但是我覺得她根本不必這樣。

這間補習班，從一開始，就不想收我了不是嗎？

趁老師上來之前，我早一步回到教室了。

原先有說有笑的那幾位學生，看到我，便不約而同的噤聲，還一直打量我。

我知道我跟他們格格不入，於是我加快腳步走回位子上。

「妳以後想讀哪裡？」其中一個短髮女孩如此問我。

「我、我嗎？」我支支吾吾的說：「最高學府吧。」

雖然我真正想讀的是社工。我最近的目標越來越明確了，我想往這個方向走，只是這時不是說出口的最佳時機。

「妳知道妳是走後門的嗎？」另一個人這樣說道：「因為妳，我們同學不能來這間補習班，妳知道嗎？」

我登時啞口無言，原來剛剛樓下的阿姨說的那一位學生，就是他們的同學嗎？

原來他們早就知道了，所以看到我都沒有給我好臉色。

心中似乎有顆大石壓著我的胸口，此時我也明白，那先前的補習班，會不會也是媽媽去為了我鞠躬哈腰求來的？

這時老師適時的走了進來，說了句：「開始上課。」

而那些學生也直接回到位子上坐好，沒有再說任何一句話。

今天這堂課，我可以說是硬著頭皮上完的。

途中還有人問醫學系的數學題目，所以我也知道他們將來的目標是醫學系。

今天老師連我的志願都沒有問，而我也很慶幸我沒有說。

如果我說我想讀社工，我大概真的會被他們視為異類，雖然現在開始對他們而言是了，而且還是個很礙眼的異類。

好不容易撐到下課，直到坐在媽媽的車上，我才有種從煉獄逃出的感覺。

老師上課時的冰冷視線時不時往我這裡看，讓我每一分鐘都坐的很直很挺。

媽媽在車上問我老師教的如何，我則是平淡說還可以。

但是，我心中有個很大膽的打算，儘管履行之後大概會跟媽媽大吵一架。

但是這一次，我真的想要好好地向媽媽表示我的想法。

洗完澡之後，複習完作業大概也要十二點了。

在我爬上床睡覺之前，我的手機突然傳了通知。

「今日壽星　柯向禹」

我看了看時間，剛好十二點。

原來，今天是他的生日。

原先要傳訊息祝賀的我，突然想到，現在時間也晚了，這樣子搞不好會打擾到他。

這時沉重的睡意朝我襲來，我躺在床上，眼皮也隨即重重的闔上。

生日祝賀明天早上起來再跟他說吧。我心想。

🦋 🦋 🦋

隔天一早，我走到客廳，發現客廳空蕩蕩的，以往這個時間點，我還會看到哥哥坐在沙發上看電視。

瞥見一旁的鞋櫃，發現媽媽跟哥哥都出門去了。

只剩我一個人。

桌子上甚至還貼著便條紙，下面還壓著五百元。

「媽媽今天要去南部出差一天，鈺賢要去參加研習，所以今天的三餐要記得自己打理。」

冷冰冰的字、冷冰冰的便條紙。

其實原本今天要跟媽媽討論關於補習班的事情，但想到媽媽的個性，這無疑會鬧家庭革命。

但是，我也無法跟那些學生一同上課，因為他們總是散發出一種鄙視感。

我最後從冰箱拿出牛奶，打算早餐就用牛奶解決。

然後也開始思考要怎麼退掉補習班。

因為比起補習班，我比較想在家自修就好。

我甩了甩發麻的手臂，闔上習題本，驀然發現已經要晚上六點半了。今天一整天下來，我都一直在讀書，中餐也只是到附近買個麵回來吃，吃完就繼續讀，時間竟然過的那麼快。

我拿起外套跟包包，想說直接出去買晚餐，順便散步透透氣。

我都一直覺得自己很茫然，我讀書歸讀書，卻始終缺乏目標跟動力，讀書對我而言，只是一個「義務」。完成對媽媽期許的一個義務。

此刻，我很想爸爸，我拿出手機，猶豫了一會兒，還是決定撥打這通電話過去。

電話一直通著，但是卻沒有接聽。

正當我要掛斷的時候，爸爸接起了。

「喂？玉棠嗎？」爸爸的聲音傳了過來。

「……爸。」我說：「你現在還在國外嗎？」

「……嗯，對呀。」爸爸笑著說：「過幾天我會回去的，我有買禮物要給妳跟鈺賢。妳最近好嗎？讀書別太累了知道嗎。」

「我知道。爸，你也要注意身體健康哦。」最後我這麼說。

「乖女兒。」爸爸溫柔的說：「妳也是，知道嗎？」

通完電話之後，我放下手機，最後看向逐漸暗下的天空，就離開了。

夜晚的風吹得我手臂起了雞皮疙瘩，明明穿上了外套，但依舊覺得很冷。

『玉棠，撐不下去的話，就別撐了。』

我其實心中明白，爸爸在家裡一直被媽媽的強勢壓得喘不過氣。

論性格，爸爸跟媽媽其實是互補的。

爸爸比較溫和隨性，媽媽則是強勢完美。

兩個人當初就是被對方身上沒有的特質吸引，進而結婚再生下我們兄妹倆。

但從小時候開始，他們的感情出現了裂痕。

從吵架、到現在的相敬如賓。

是因為孩子的關係，他們才繼續在一起。

我其實都知道一些事情，但是我不敢說出來。

因為我怕說了，很多事情都會改變，然而造成不可挽回的後果。

我走到書店，也就是上次遇到柯向禹的那間書店。透過櫥窗看著裡面的書籍，但實際上，我是在發呆。

柯向禹拿著雜誌的身影，還有拿書為我擋雨的回憶，歷歷在目。

不過現在天氣很好，不可能會下雨。

而且這大概也不會有二次了。

我轉過身想要離開，卻發現身旁站了一個人，那個人也跟我一樣，看著櫥窗內的景象。

「柯向禹？」我訝異叫出那個人的名字。

對方也看了過來，剛剛站在我旁邊的人，正是他。

此刻他穿著牛仔外套，裡面套著白色T恤，再搭配黑長褲，整體上看起來簡約又清爽。

「你怎麼在這裡？」我問。

「剛剛跟阿姨還有葉陽去吃飯。最後我想來書店走走逛逛，就剛好看到妳了。」他略微歪頭。

我聞言有點汗顏，他剛剛是因為看到我在這，所以也站在我旁邊看我在看什麼嗎？

這時肚子突然咕嚕咕嚕的叫了起來，此刻我也意識到我根本還沒吃晚餐。

「還沒吃飯嗎？」柯向禹問。

「嗯，對啊。」我尷尬笑著。

我跟柯向禹坐在河岸邊，我們兩個跑去超商買吃的，我手上拿著御飯糰，他則是拿著大亨堡。

「你不是吃過了嗎？」我問。

「其實一個小時前就吃飽了。」

「哇，那這樣你也蠻會吃的欸。」我笑著又說：「只是沒想到這裡還有這麼漂亮的地方。」

河岸邊還有許多顏色的小電燈泡，這樣看下來卻顯得浪漫。

「這地方是葉陽找到的，前陣子有來過。」柯向禹說完吃了一口大亨堡。

只是不知道是不是他本身氣質的關係，他連吃東西都滿優雅的，跟班上男生狼吞虎嚥的樣子完全不一樣。

不對，我為什麼要這樣觀察他？

我吃了幾口御飯糰，但因為太乾又吃太快，導致我最後嗆到了。

「咳、咳咳……」我看了四周，我竟然沒有買喝的來配。

「拿去吧。」柯向禹遞過一瓶礦泉水，「拿去喝吧，我沒有開過，還是新的。」

我轉頭看向他，他則是微微勾起嘴角，遞礦泉水的手沒有放下，似乎在等我接過。

我最後點頭接過，畢竟這是在非常時期，不然我不會平白無故亂喝別人的東西。

灌了幾口水，喉間的不適感已經退去，最後再咳了幾聲，舒緩許多之後，我滿臉歉意的看向他：「抱歉，喝了你的水。」

柯向禹微笑搖頭，最後看著眼前的河，繼續吃著他的大亨堡。

看著他的眼神，我好像看出他有心事。

解決了晚餐之後，我看了看時間，是時候該回去了。

「謝謝你。」我微笑說。

「不會。」

我們在原地看著對方，其實有他在，我先前那鬱悶、迷惘的心情也隨即消散不少。

「我先走囉，我們的家應該不同方向吧。」我說。

「嗯，好像是。」柯向禹點頭。

「你的腳有好一點了嗎？」

「嗯。」他微笑回應。

最後我在原地目送他離開，再看看天空。雖然說鬱悶的心情消散不少，但我知道，這短時間還是需要沉澱的。

我拿出手機，點進去通訊軟體，卻發現今天是柯向禹的生日。

對！今天是他的生日！說好的今天要祝賀他，我怎麼忘記了！

見他逐漸走遠，我趕緊奔向他。

只是越接近他，我突然覺得，我好像……

挺需要他的。

2. 柯向禹

「十八歲生日快樂！」在家裡，阿姨跟葉陽為我慶生。桌上的菜也依舊豐盛，跟葉陽生日時差不多，這讓我再次感受到，阿姨是真的視我為親生子女。

葉陽送了我運動背包，阿姨則是給我紅包。

看到紅包裡頭有兩千元，我下意識的想要還給她，因為她花在我身上的錢，已經太多太多了。

「向禹，不用客氣，就收下吧。」阿姨微笑說：「這可是你年長一歲的禮物呀。」

「你就收吧。」葉陽也這樣說。

「你不收，就代表你沒把我當家人，阿姨可是很難過的。」阿姨皺著鼻子故意說道。

「謝謝阿姨。」為了不讓阿姨難過，我還是收下了。

今年的十八歲生日，雖然是在家裡度過，但對我而言意義非凡。十八歲，是一個成長的轉捩點。也代表著有些責任是自己的，也只有自己才能負責的了。

吃完飯之後，我想去逛一下書店，於是我就先離開了家。

我靠在欄杆旁，心想運動會就快到了。當初是因為看不慣鍾恆那猖狂的樣子，所以就說不把最後一棒讓給他。

不過，現在後悔也來不及了。

隨後我也拿出手機，自從回覆楊勝賢說謝謝之後，就再也沒有他的訊息了。

我其實有想過要打電話過去，但聽楊勝賢說他現在家裡盯很緊，要是打過去，害他被修理也不好。

只能希望他自己發訊息過來了。

我吁了一口氣，任由風吹拂我的頭髮。

最後想起我要去的地方是書店，於是我再度邁開腳步，往書店走去。

走近了書店，我卻看到薛玉棠站在櫥窗前望著裡頭。

怎麼不進去呢？

但是薛玉棠看的好像很專注，不過走近才發現她好像在發呆，不然怎麼連我走到她旁邊她都沒有察覺到？

我順著她看的方向看了過去，但她似乎在看著某一點，毫無目的的看著。

「柯向禹？」薛玉棠終於發現到我了。不過她看起來像是嚇到了，她又問：「你怎麼在這裡？」

我忍著笑意，回答：「剛剛跟阿姨還有葉陽去吃飯。最後我想來書店走走逛逛，就剛好看到妳了。」

後來她肚子好像餓了，最後她說她還沒吃晚餐。

「我知道哪裡可以吃飯，而是離這裡也不遠。」我說。

在她的注視之下，我帶她來到了河岸邊。

只是剛剛吃完晚餐原地解散沒有多久，我就聽到了薛玉棠的聲音。

「柯向禹！」

之後就有人拉著我的袖子。

我回頭過去看，薛玉棠微微喘著氣，似乎剛剛就是用跑的過來。

我還看見她眼中的悲傷。

「怎麼了？」我問。同時，我的心也不禁揪起。

見我的目光一直放在她拉著我袖子的手，她緩緩的放下，之後看似很勉強的勾起嘴角：「今天，謝謝你。」

「就這樣？」我問。因為感覺薛玉棠不是專門要來跟我說這些的。

「還有，祝你生日快樂。」她微笑說道。眼裡剛剛的惆悵也隨即消失，彷彿剛剛是我的錯覺。

見薛玉棠最後抿著唇微微低下頭，我又開口：「妳沒事嗎？」

「嗯，我沒事。」薛玉棠微笑抬頭：「星期一見。」

看著她轉身走遠的身影，反而是我站在原地，一直看著她的背影離開。

如此絮亂的心跳充斥在我胸口。

十八歲生日這一天，是一些事情的改變，以及開端。

但是十八歲生日過後，有些事情也成為永久的過去了。

隔天一大早，手機一直傳通知過來。我拿出手機，卻發現以前前治高中的班群裡很多人一直在傳訊息，原本一直都很安靜的群組，在一個晚上過後訊息量變99+。

點進去之後，我發現再也出不來。要是沒點進去，我依舊相信著那個人會過的很好的。

我錯愕的看著以前班上同學討論的事情。

楊勝賢在今天午夜十二點，在自家頂樓墜樓，搶救之後宣告不治。

我趕緊找出以前班長的通訊軟體，顫抖的手從來沒有停止過。

最後我深吸一口氣，止住自己的顫抖，最後成功的撥打電話過去。

「喂？」班長的聲音平淡地響起。

「是我，柯向禹。」我的嘴唇也顫抖不已。

「我知道。」

「楊勝賢他……真的，過世了嗎？」

「嗯。是真的。」

我愣在原地，明知道自己要說些什麼，但是這時卻喪失了語言能力，什麼話都說不出口。

「楊勝賢他這學期開始，變得非常墮落。」班長的聲音響起：「看來他也對當初的事情很愧疚吧，知道他自殺我們也嚇了一跳。不論如何，我們還是希望他可以一路好走。」

「柯向禹，」班長壓低了聲音，又說：「你現在一定很難受，但現在的你，一定要好好撐過這些日子，知道嗎？」

「……我知道。你也是。」我忍著眼淚，最後如此說道。

通完電話之後，我這時也才明白。

楊勝賢那一天對我說的話，無疑就是告別的話。

我明明就有聽出不對勁，卻不讓自己往不好的方向想去。

如果自己夠堅定，是不是就可以阻止楊勝賢做傻事？

「向禹。」葉陽嚴肅的聲音從後面響起。

我緩緩轉過頭，葉陽的臉色凝重。想必他也知道這件事情了。

「向禹，沒事吧？」晚餐吃完之後，阿姨擔憂的看著我。

因為整天下來，我都沒有表現出難過的情緒。

我微笑搖頭，然而這一切葉陽也看在眼裡。

「別放在心裡，知道嗎？」阿姨眼眶泛紅：「畢竟那孩子的離開，我也很不捨。」

我看向葉陽，葉陽只是淡淡地說：「我已經沒有任何理由討厭他了。已經……來不及了。」

我微微垂下眼簾，不發一語。

我現在確實很很難過，但在其他人面前，我不想要掉淚。

最後等到半夜了，大家都睡了，我才默默起身走出家門。

其實也沒有要特別去哪，我只是坐在家門口旁邊的長椅上，看著夜空發呆。

「楊勝賢，你現在，在哪裡？在天空的哪一方？」我對著夜空喃喃說著。

『我不能因為這件事情影響我的人生啊！你不是一直最清楚的嗎！』

我的眼淚此刻再也忍不住潰堤，我用手遮住眼睛，原本不想罵他的，此刻我還是忍不住：

「笨蛋，你這樣做，是有改變人生了嗎？」

但是，他卻再也聽不到了。

這時只有我一個人，從今天到現在一直忍著的淚水，此刻也像是關不掉的水龍頭般，流個不停。

有人卻把手輕輕地壓在我的頭上，我抬眸一看，葉陽竟然面無表情的出現在我身旁。

「我早就知道你這時候睡不著會跑出來。」葉陽嘆了一口氣，之後坐在我旁邊：「我也很難過的好嗎，畢竟再怎樣，楊勝賢也曾經是我兄弟。你應該找我出來一起哭的。」

「人生無常。」葉陽淡淡說道：「雖然這樣說有點冷血，但是，我們的生活還是要繼續過下去。我想，這也是他希望的。」

「我知道。」我淡淡說道。

「想些開心的事情吧你。」葉陽像是想起了什麼，問：「你的腳有沒有好一點啊？」

「好很多了，其實傷口不會很大。現在也不怎麼會痛。」我由衷的說。之後問：「你也有下去跑吧？」

「沒有，我故意跑很慢，所以沒有被排上大隊接力。」

我失笑：「那白苡禾的期望大概破滅了，她一定很想看你跑步。」

「那她可能真的要失望了。」葉陽也笑著說。

我們兩個沒有再交談，就只是看著夜空。為過世的楊勝賢祈福。

願他在另一個世界，可以過得快樂。

隔天一早到了學校，鍾恆直接上前來問我：「柯向禹，你還好嗎？」

這一問，卻引起了全班的注意。包括薛玉棠。

「向禹，如果你很難過……可以跟我說。」魏青茹擔心說道。

我瞇起眼看著鍾恆，問：「什麼意思？」

「新聞鬧那麼大，你不知道嗎？」鍾恆微微勾起嘴角：「前治高中的學生昨晚跳樓身亡。你之前不就是前治高中的學生嗎？聽說那個人還是你的朋友。我也是有朋友在前治讀書的。你的事情我多少也有聽說了。」鍾恆微笑，用只有我聽到的聲音對我說：「怎樣？所以你是為了他轉學，結果對方卻自殺了？」

「注意你說話的態度。」我握緊拳頭。我不允許到了現在，還有人要拿楊勝賢的死來消遣。

「我說的是實話吧。不曉得他自殺前想的是什麼。」鍾恆不但沒有閉嘴，甚至還變本加厲。

我頓時氣不過，當下直接送他一拳。

「你！」鍾恆氣得要還手，我們最後直接打了起來。

「你怎樣講我都沒關係，但是你這樣拿過世的人做消遣，你都不會有點羞恥心嗎？」我憤怒揪著他的衣領。

「欸欸欸好了，不要打了！」胡甚齊擔心的在旁邊勸道。薛玉棠則是在一旁擔憂的看著我。

我瞪著鍾恆，用力地放下手。

「我要去打掃了。」最後我淡漠的丟下這句話，離開了教室。

我把鐵罐丟在地上用力的壓扁。像是在宣洩剛剛的怒氣。

然而右手感到一陣疼痛，我甩了甩手臂，揍人其實還蠻痛的。

「柯向禹。」薛玉棠啟唇，看似欲言又止。

我看了她一眼，之後把目光放回地板上的鐵罐，不發一語。

薛玉棠走到我身旁，擔心說：「你還好嗎？」

我的動作瞬間停止，之後轉頭看向她，她擔心的神情清晰可見。

「是因為我為了我朋友強制轉學過來的，結果他卻過世了，所以妳覺得我很可憐嗎？」說完這句話，我都可以感受到自己的話語有多尖銳。

「……我不是這個意思。」薛玉棠急忙解釋道：「我……我雖然能幫的忙不大，但我可以盡我所能的幫你。」

「妳要怎麼幫我？」我反問。

薛玉棠無語。

「好了，」我深吸一口氣，說：「像妳這樣的人，是不可能懂我的心情。我們兩個根本是不同世界的人。」

此話一說出口，我就後悔了。

為什麼一直積在心裡的鬱悶，卻對她宣洩？

明明她是最無辜的……

「對不起，沒有想到卻害你心情現在更不好。」她低下頭，說：「我確實……不該多管閒事才對。」

見她轉身離開，我卻連叫她的勇氣都沒有。

我懊惱的站在原地，思考該怎麼跟她道歉。

3. 薛玉棠

柯向禹跟鍾恆在早上的時候起了爭執。原因是聽說柯向禹以前的朋友過世了。

「鍾恆他是不是在針對柯向禹啊。」唐孟婷突然出現，又說：「鍾恆不是一直都喜歡玉棠嗎？」

「妳少說幾句。」白苡禾皺著眉說道。

最後柯向禹逕自離開教室，我原本要跟上，鍾恆卻叫住了我，但這一回，我沒有理會他。

因為我知道鍾恆在這之前就對柯向禹有敵意，而且感覺也有對他說過什麼話。

跟著柯向禹走到他的掃地區域，我站在原地猶豫一會兒，最後鼓起勇氣跟上。

其實我也不知道自己為什麼會想來找他，就只是……想看看他。

殊不知這樣的做為卻對他來說是二次傷害。

當時看到他眼底受傷的情緒，我才明白他此刻有多難受。

但是確實也像他說的，我什麼忙都幫不上。

甚至還讓他誤會了我的來意。

「對不起，沒有想到卻害你心情現在更不好。我確實……不該多管閒事才對。」我滿懷歉意的說。

最後，我離開了回收場，去我該負責的掃地區域。

整天下來，我跟他完全沒有互動。

放學時，我往補習班的方向走去。

但我不是要去補習。

而是要主動跟老師提出中斷補習。

「咦？玉棠，妳怎麼會來？」櫃檯小姐看到我訝異的說：「妳不是後天的課嗎？」

我抿著唇，之後說：「我不想補了。」

櫃檯小姐臉色微微一僵，然後對我說了句：「妳等我一下，我叫老師出來跟妳談一下。」

我面向門口，突然間感到有點緊張。

「玉棠。」

我回頭，看到老師一臉疑惑的站在後面。

「老師你好。抱歉，在這時候跑來找你。」我說。

「沒事。現在沒有課，聽剛剛櫃檯小姐說，妳不想補習？」

「嗯。」我點頭：「我知道這一間補習班是有在看能力的，我覺得我的能力……有點跟不上。所以我覺得，給該進來的學生進來才對。」

「……妳聽到了什麼，是吧？」

我微笑搖頭：「我是真的明白自己的實力。我媽那邊，我會負責跟她溝通的。很抱歉，讓你們為難了。」

「玉棠。」老師好奇的看著我：「妳有想過自己的目標嗎？妳媽媽只說妳要讀最高學府，但是這個話題我卻從來沒有從妳口中說過。」

我頓了一下，之後緩緩說：「我的目標，其實跟媽媽期望的背道而馳。」

老師微微揚起眉毛，意示要我繼續說下去。

「我……其實想讀社工。」

離開補習班之後，我吐了一口氣，有股釋如重擔的感覺。

說實在的，自從第一堂課知道有個學生就是因為我而不能進來，除了壓力，我還帶了愧疚。

所以現在我離開了，那位學生應該就可以進來了。

但是，現在要思考如何跟媽媽溝通才行。

🦋 🦋 🦋

「薛玉棠。」到了學校，魏青茹突然叫住了我，「我有話想單獨跟妳說，方便嗎？」

白苡禾看了我一眼，我對她點頭，最後她先離開了。

魏青茹比了比手勢，意示要我跟上。

校舍的遮蔽物擋住了操場，魏青茹雙手抱胸，直接了斷的問：「妳到底喜不喜歡柯向禹？」

我心揪緊了一下，反問：「為什麼要問這個？」

「我好奇！」她理直氣壯的說。

「妳不喜歡他嗎？」她又問：「不喜歡他的話為什麼要跟他搞曖昧呢？」

「我哪有跟他搞曖昧？」

「你們不是也很常在校外碰面嗎？前陣子不是還一起在河岸邊吃飯？我經過時都看到了。」

我微微訝異的看向她。

看著魏青茹如此氣急攻心的樣子，再加上我的耐心似乎也快被磨光，於是我決定說出我的想法：「魏青茹。雖然說妳一直說柯向禹喜歡妳，但是他有承認過嗎？妳覺得他對妳的態度，是喜歡一個人的表現嗎？」

魏青茹冷笑：「所以妳是在跟我炫耀柯向禹對妳比較好。」

「不是。」此時，我卻看到柯向禹的身影出現在不遠處，而他正好也看過來。

「算了，我不想說了。」我無力的說，最後我轉身離開。魏青茹還在後頭一直問：「欸，妳還沒回答我，妳到底喜不喜歡柯向禹！」

「什麼？那個女的這樣跟妳講？」白苡禾聽完剛剛我跟魏青茹的對話之後，皺著眉頭說道。

我點頭。

「她是故意的嗎？然後妳為什麼看到柯向禹就要跑啊？」

「不知道，就覺得現在看到他……有種奇怪的感覺。」我說。

「妳在意他吧？」

白苡禾如此一針見血的問題使我微微一愣。「白苡禾。」

「怎麼？」

「妳覺得我對柯向禹的態度……是同情嗎？」我問。因為我還是還介意昨天他對我說的話。我其實沒有同情他的意思，但也許我有些作為造成了他的誤解。

「我說實話吧，」白苡禾看著前方：「妳對他不是同情，而是喜歡。」

「喜……」

「別急著反駁，妳的心情我可是很懂的呢。妳想想，妳是不是一天比一天還在意他？」

「呃……」

「是不是會回想之前跟他相處的點點滴滴？」

這回我沒回答，但是確實被說中了。

「他如果對妳態度驟變，妳會難過？也會擔心他其實不喜歡妳而是喜歡別人？」

我歪頭苦笑：「感覺好像都被說中了。」

像之前第一次見面時在公車的情景，還有在圖書館時，他用身體幫我擋下掉下來的雜誌。

難道，我真的喜歡柯向禹嗎？

「好啦，妳就先想想看。」白苡禾拍著我的肩膀：「柯向禹本身條件也不錯啊，如果妳跟他在一起，我跟葉陽也順利在一起的話，我可就變成妳大嫂了呢。」

「說什麼啊妳。」我笑著說。

「同學都到齊了嗎？」體育老師這時出現了：「來，請有跑大隊接力的同學，照棒次排好。」

柯向禹排最後一棒，所以他就站最後一個。

雖然他的膝蓋還是有貼著紗布，但是他走路的狀況好了許多。

他這時候突然對上我的雙眼，我不明顯的愣了一下，最後有點難為情的撇過頭。

「預備！開始！」在體育老師的一聲令下，第一棒開始衝刺，接著把棒次傳給第二棒，第二棒再傳下去。

最後鍾恆傳給柯向禹時，柯向禹往前奔跑的樣子，完全不受他膝蓋受傷的限制。跑起來的速度依舊很快。

他就像是堅強的蝴蝶，往前方的目標前進。

不論是終點，或者是他想要的音樂學校。

也許在更早之前，我就被他吸引了。

『妳對他不是同情，而是喜歡。』

白苡禾的話依舊在我耳邊環繞。

我從來沒有想過戀愛這件事情。

直到遇見柯向禹。

媽媽最近在加班，哥哥也不在家，爸爸的話……

我坐在客廳看著電視，以往爸爸在的時候，他都是坐在旁邊，看著我們在看的頻道。

不知不覺，我的眼皮逐漸沉重了起來。

「你對的起孩子們嗎？」

「我已經很努力了。」

「他們不能沒有你，不能沒有任何一個人！」

這是一個女人跟一個男人的叫罵聲及爭執聲。

小時候的我躲在牆邊，看著他們爭吵著。

哥哥在這時候都會出現，然後偷偷把我帶離客廳。

但是有一天，他們不再吵架，對對方的態度都很客氣。

小時候的我拿出一張畫給爸爸媽媽看，那是小學時老師交代的美術作業。

「這是爸爸，這是媽媽，這是哥哥，這是我。」我童言童語的指著上面畫的人，開心的對他們說：「我們四個要永遠在一起。」

爸爸沉默，但是媽媽紅了眼眶。

「玉棠。」媽媽這時把我給搖醒了，我睡眼惺忪的看著她，她皺著眉問：「怎麼在這裡看電視看到睡著了？」

「媽。」我坐起身，「妳怎麼這麼晚才回來？」

「剛下班，去吃了消夜。」媽媽放下包包坐在我身旁說。

看著媽媽搥著肩膀，於是我主動替她按摩肩膀，這些年來，爸爸不在家，都是媽媽負責打理家中一切。

「什麼時候變得那麼貼心啦。」媽媽笑著說。

「我一直都很貼心好嗎。」我笑著說。

看媽媽現在的樣子，補習班應該是還沒通知媽媽吧。

我抿著嘴，該如何開口才好呢。

畢竟現在氣氛難得溫馨，我不想馬上破壞。

媽媽難得沒那麼強勢，但膽小成習慣的我，依舊還在煩惱該怎麼開口才好。

🦋 🦋 🦋

過兩天放學的時候，媽媽卻突然出現在大門口外。

白苡禾也看到媽媽鐵青的臉色，她訝異的看向我，雖然我表面上很是平淡，但內心開始不安徬徨了起來。

「妳給我過來。」媽媽在大庭廣眾之下這樣對我說道，經過的學生紛紛朝我這看過來，使我有一瞬間無地自容。

但我還是跟在媽媽後面，她把我帶到校門口旁的樹蔭下，之後雙手叉腰，忍住怒氣問：「妳知道妳自己在搞什麼嗎？那間補習班是我哈著腰差點沒跪下換來的欸，妳現在是怎樣？直接跟老師說妳不要上，妳是活得不耐煩是不是？」媽媽語氣尖銳：「我接到電話時，馬上從我任教的大學跑來這，趕來學校看妳到底在搞什麼鬼。妳要不要思考一下妳上次的成績有多差？」

「所以妳剛剛就可以不顧我的面子？」一想到經過的同學用詫異的眼光看著我，我都覺得好羞愧，我完全沒有想到媽媽會直接跑來，我忍不住說：「妳知不知道妳這樣的舉動會讓我多尷尬。」

「尷尬？」媽媽失笑一聲，最後突然拿起她的皮包往我身上又砸又打的，我嚇了一跳，她繼續說：「尷尬個屁，妳知道嗎？我的同學，我的同事，他們的孩子都各個考上醫學系不然就是最高學府，出來薪水不只三四萬！他們的環境有妳好嗎？沒有！妳這個環境好的卻不知道怎麼珍惜！妳什麼都沒有！為了妳，我付出了多少的尊嚴跟面子妳知道嗎？到底是誰比較尷尬妳說啊！」

「所以妳是為了面子，才把我塞到補習班是嗎？」見媽媽一直以來都是看待我的，我也開始口不擇言：「那如果是這樣的話妳乾脆去養一個機器人算了！機器人說不定腦袋都比我好，我的能力跟頭腦都不如你們！我知道我的實力進不了最高學府，我也知道我的實力根本進不了那間補習班！妳知道嗎，那間補習班沒有一個人是看的起我的，所以到底是妳的自尊重要，還是我的感受比較重要？在那種環境下補習，根本對我沒有幫助！」

「妳難道都沒有看見我的努力嗎？」我的眼淚開始掉了下來：「我很努力達成妳的期望，可是我也知道我自己的實力在哪！我一直以來根本不是想讀最高學府，我想讀一間普通的大學，我想讀社工系！我再也清楚不過的我的實力，家裡的人都是知識分子，只有我是拖油瓶！我哪能不清楚！」

在這個情況下，我說出了自己的志願。

「什麼？」媽媽傻住了：「妳想讀社工？妳腦袋有問題嗎？」

「我從來沒那麼清醒過！」

「好啊妳，」媽媽被我氣到全身發抖：「妳這麼有本事，妳不用回來了，我他媽當作沒有妳這個女兒！」

媽媽說完直接把我丟下，逕自走人。

我握緊拳頭，轉過身時，卻看到柯向禹站在不遠處。

我愣了一下，但此刻我沒有心情跟任何人攀談，於是我原本想要掠過他。

「薛玉棠。」柯向禹開口。

我緩緩回頭，只看到他微微開口，柔聲問道：「還好嗎？」

我沒有回答，只是微微一笑。但是此刻他的聲音溫柔到讓我想哭。

雖然不是第一次跟媽媽吵架，但這一次最為嚴重。

嚴重到我已經被掃地出門了。

然後柯向禹還一直站在原地不走，於是我問：「你不走嗎？」

「妳呢？」

「我？我當然要走啊。」

但我沒有去注意柯向禹的表情，最後我逕自離開，也開始思考今晚我可以去哪裡。

白苡禾站在大門口原地沒有離開，她看到我走來，擔心問：「還好嗎？」

我苦笑：「我被趕出去了，所以……妳可能要收留我一天了。」

「什麼？」白苡禾愣住：「妳被趕出去？妳是跟妳媽媽吵起來了是吧？」

我歎了一口氣，之後無奈點頭。

「就算這時候回去氣氛也很奇怪。我覺得我們還是彼此冷靜比較好吧。」我說。

「怎麼感覺很嚴重啊……」白苡禾倒是有義氣的說：「沒關係，今天妳就先來我家吧。」

「真是太謝謝妳了！」我高興到差點緊緊抱住她。

* * *

白苡禾的房間非常的整齊，書桌也可以容納三個人。

「坐吧，隨地坐，」白苡禾隨性的說：「我爸媽晚上九點多才會回來。晚餐我們去超商解決吧。」

「好。」我微笑點頭。

我拿出手機，媽媽一通電話都沒有打來。

我現在開始有點後悔，當時不該這樣頂撞媽媽。

但是那個時候，我只想把我的感受給說出口。

跟白苡禾去便利超商解決晚餐時，看到御飯糰，我就想到了之前跟柯向禹去河岸邊時的場景。

我微微一笑，之後拿了上次買的御飯糰。

然而回到白苡禾家時，也已經晚上八點多了。

「妳要不要去梳洗一下？我的衣服其實可以借妳。反正我們身材差不多。」白苡禾問。

「沒關係啦，我決定等一下還是回家好了。」我說道。

「是喔……」白苡禾最後還是拍了我的肩膀：「加油啦，至少妳媽媽知道妳想讀社工了。」

我微微勾起嘴角，說是說了，但她那時候的反應，一定不可能同意我去念的。

「真的不用我陪妳回去嗎？」白苡禾擔心的說：「妳一個女孩子回家還是有點危險。」

「其實這邊的路線都很明亮，何況都還沒九點。而且離我家其實也沒有很遠啊。」其實我是需要一個人的空間整理思緒，不想要白苡禾繼續為我擔心，於是我說：「放心吧，我回到家之後一定會打電話給妳。」

「好吧，一定要打喔！不然我可是會擔心的！」

「我知道，今天謝謝妳了。」

「我們是好朋友，這種事情不用道謝啦。」

我微笑的看著白苡禾，能夠認識她真是太好了。

走在有路燈的街上，看著人來人往的街道，其實現在而言，倒是挺安全的。

看著人行道的號誌已經轉綠，我正踏出幾步，就有一個刺眼的燈光朝我襲來。

我還沒來的及反應，這時有人突然把我拉回人行道。

腳步一個踉蹌，我也順勢跌入那個人的胸膛裡。

我趕緊抬頭一看，竟然是柯向禹。

「柯向禹？」

「剛剛那台車闖紅燈，妳怎麼沒注意到？」他微微皺著眉頭，眼裡的擔憂如此清晰。

「我、我反應過來的時候，就已經被你拉回人行道了。」我支支吾吾的說。

「我有點擔心妳，」柯向禹又說：「其實……我放學有看到妳跟媽媽似乎起了爭執，我、我不是故意要看的，我是……」

柯向禹還沒說完，我便抬頭看向了他。

柯向禹以為我生氣了，於是僅說「對不起」之後就有點想逃離現場，在那之前，我率先用左手攔住了他，撐著他後方的牆，擋住了他的去路。

他愣了一下，站在原地。我們兩個人的距離如此的近。

我微微放下了手，之後咳了一聲，說：「沒、沒事。」

「……那個，我想為之前我對妳說過的話跟妳道歉。」他又說。

「沒、沒關係。」對於自己剛剛的舉動，還是感到有點難為情。

柯向禹摸了摸鼻子，看似要往前走，我趕緊又說：「對了，我才不是因為同情你才這樣。」

他也趕緊回頭，解釋道：「我知道，所以我也很後悔自己對妳說出這種話……」

「那是因為我喜歡你！」

在情急之下，這句告白竟然就這樣從我嘴巴裡說出口。

不只他，連我也愣住了。

柯向禹似乎恍神了，他腳一拐，差點摔倒。

「小心！」我趕緊喊著。

他趕緊抓著旁邊的欄杆，幸好沒有真的摔下去。

在對視的那一刻，我的臉頰從來沒有那麼燙過。

薛玉棠！真是糗死了啦！

怎麼就這樣對他說喜歡！

一路上我們沉默不語，直到走到我家附近。

沒錯，柯向禹就這樣一路陪我走回家。然而我們之間氣氛充滿了尷尬。

尷尬到令人煩躁。

「我、我家到了。」我指了指我家的建築物：「你趕快回去休息吧。」

「晚安。」柯向禹說。

「……路上小心。」我現在連看都不敢看他。

直到他轉身，我才敢回頭看他的背影。

哥哥這時也出現在門口，他看到我，朝我走來。

「男朋友？」哥哥問。

「不是。」

「進去吧，媽她在等妳。」

「媽她……一定很生氣吧。」事到如今，我還是很慫。

「妳也知道，那還這樣對媽講話。」

「所以你知道我跟媽在吵什麼了喔？」我問。

「進去吧。讓媽知道妳回來了。」哥哥推了推我的背。

似乎不給我逃避的機會，我就這樣被哥哥半推半趕的進屋了。

「我進房去了，妳跟媽好好談。」哥哥說完還真的事不關己的走進他的房間。

「欸！哥！」我趕緊叫住他，想叫他陪我壯膽，結果他卻裝作沒有聽見。

我嘆了一口氣，既然都回來了。那就……去跟媽媽打個招呼吧。

這樣想的我走到了客廳，媽媽坐在沙發上閉目養神，似乎等我等了很久。

我原地深吸幾口氣，最後用輕鬆的語氣說：「媽，我回來了。」

媽媽微微睜開眼，語氣冰冷地說：「喔，還敢回來啊？」

我笑笑的坐在她旁邊，企圖用撒嬌攻勢：「媽，今天是我不對，我不該這樣跟妳頂嘴，我保證，我下次考試一定會考的很好，一定會讓妳滿意。」

見媽媽還是不願搭理，於是我撩起袖子，說：「真的啦，妳中午打的那麼用力，我的身體已經記住教訓了，所以我一定會好好努力的！」

媽媽冷冷的斜眼看我，但語氣已經不怎麼冰冷：「記住妳說過的話。」

「瞭解！」我比了舉手禮。

「晚餐吃了嗎？」

「吃了。」

「那就趕快去洗澡吧。自己該做什麼就去做。都要十八歲了不要那麼散漫。」媽媽說完便站起身，此時我也看到她的後腦勺多了幾根白髮。

「好。」見媽媽已經沒有生氣了，我心中的大石已經放下，放鬆似的癱軟在沙發上。

今天算是轟轟烈烈的過了一天。

『那是因為我喜歡你！』

明天遇到他……我該用什麼心情啊……

洗好澡出來回到房間，我發現我的手機放在客廳，於是走到客廳去拿。

但是我看到一個很奇怪的光景，哥哥坐在沙發上看電視，而我的手機確實放在客廳的桌子上。
我拿起手機點開螢幕，發現柯向禹在三分鐘前有打電話給我。
等一下？他有打電話來？然後，我的手機通話記錄是有接起的，而且還通了十秒。
接起來的該不會是……我看向哥哥。
「喔，剛剛是不是有一個叫柯向禹的男生打電話給妳啊？」哥哥發現到我的目光如此問道。
「你……」我有股不詳的預感：「所以你剛剛有接起電話是嗎？」
「對啊，他是不是妳的男朋友啊？」
「不是，你已經問兩次了。」我問：「你跟他說了什麼？」
「喔他就問我是誰，為什麼妳的電話是我接的。」
「然後？」我突然感到一陣雞皮疙瘩。
「我說我是妳家的男人。」
「什麼鬼？」我用將近崩潰的語氣喊。
「我是妳家的男人沒錯啊，我是妳哥啊，我跟妳都是薛家人啊。」哥哥說完還自己笑了出來。
我這輩子從來沒有這麼想推我哥去撞牆過，我拿起一旁的枕頭往他身上砸，一邊砸一邊罵：
「你真的是有問題欸！」
哥哥東躲西躲，最後躲回了房間。
我氣急敗壞的瞪著他的房門，看著手機差點沒有氣暈。

都已經夠尷尬了，居然來搞這一齣。

「……不想去學校了啦。」我倒在沙發上哀嚎著。

4. 柯向禹

那一天對薛玉棠說重話之後，其實我很後悔。

但是我要怎麼道歉才好？

我摘下家門口的一朵花，開始剝掉花瓣。

「道歉、不道歉、道歉……」

直到最後一片，竟然是不道歉。

「不能，一定要道歉才行。」我最後把枝桿丟進垃圾桶，走進了屋子。

「你在想什麼？」我呆坐在客廳，出來拿水的葉陽好奇問道。

他坐在我對面的位子：「還在為楊勝賢的事情難過？」

「不完全。」我嘆了一口氣，說：「我今天不小心兇了薛玉棠。」

「什麼？」葉陽訝異的睜大雙眼。

我托著腮，訴說今天發生的事情。

「會這樣想的你，是不是也開始在意薛玉棠了？」

葉陽這番話，使我抬起頭來。然而，他看向我的目光，居然有一絲絲的複雜。

「我們兄弟之間，應該是……沒有祕密的是吧？」葉陽看起來有點愁容。

「葉陽，你怎麼了？」一向開朗陽光的他，臉上不應該有這樣的愁容才對。

「我的弟弟談戀愛了，我這個哥哥多少也會不捨吧。」結果下一秒葉陽用不正經的口吻說道。

「……什麼啊。」我懊惱的看著他。

「直接去道歉吧。」葉陽微笑說：「白苡禾其實也很常跟我聊到她跟你的事情，雖然我跟薛玉棠接觸不多，但我覺得她跟白苡禾一樣，都是貼心的女孩子。」

難得聽他提起白苡禾，我揚眉問：「你對白苡禾的評價這麼高？」

「我跟她其實處的不錯啊。」葉陽說：「現在比較重要的事情是要怎麼讓你跟薛玉棠不再那麼尷尬吧。」

「……」

「其實我剛剛就在窗戶看到你在門口剝花蕊，你是不是在賭要不要去道歉？」

我詫異的看著葉陽，有種被摸透的感覺。

「別一時虐妻，然後把自己搞到火葬場去。」葉陽微笑說：「我只能鼓勵你，實際行動還是你自己要去做。」

說完，葉陽便離開了客廳。

不過在隔天放學，我卻看到薛玉棠跟在她媽媽後面，兩個人臉色凝重站在大門口附近，兩個人情緒很激動，她媽媽甚至用皮包打她。

我訝異的看著這一幕，最後薛玉棠哭了，她不知道對她媽媽說了什麼，她媽媽最後轉身離去，丟下她一個。

在我回過神之前，我的腳就已經邁開了步伐。

「那是因為我喜歡你！」

聽到這句話，我不可置信的看著她。

她會對我說什麼話我都有事先想過，但我卻沒有想到她會對我說這句話。

突如其來的表白，讓我有點茫然，還差點摔跤。幸好我有及時拉住，才沒有跌下去。

原本以為，我不會對一個女生有這種感覺。

自從遇到她之後，原先對這裡生活沒有期待的我，居然因為她而泛起一絲小小的漣漪。

但是我還不知道要怎麼回應她，她之後就沒有再說話，礙於尷尬，我也沒有開口。

但是，我不討厭她是確定的。

「我、我家到了。」薛玉棠連看都沒有看我，說道：「你趕快回去休息吧。」

「晚安。」我對她說。

「……路上小心。」她如此回道。

我轉身走了幾步，忍不住還是回頭了。

🦋 🦋 🦋

回到家之後，我再度坐在客廳心神不寧。

「向禹啊，不睡覺嗎？」阿姨這時拿著一杯熱牛奶，看到我坐在客廳便如此問道。

「等一下就去睡了。」

阿姨狐疑看了我一眼，問：「你還好嗎？」

看著阿姨的眼睛，我說：「阿姨，喜歡一個人，是什麼感覺呀？」

阿姨聞言愣了一下，之後笑著說：「你該不會談戀愛了吧？」

這時葉陽也剛好走出來，也很碰巧的聽到了阿姨問的這句話。

葉陽快步走來，搖晃了我的肩膀：「怎麼回事？」

「葉、葉陽？」我對於他突如其來的動作嚇到。

「喔……沒什麼，」葉陽之後淡定的在我旁邊坐下：「剛聽到媽說你戀愛了，你跟薛玉棠在一起了嗎？」

「……我剛剛在路上有遇到她，順便送她回家。然後她那時候就說她對我不是同情，」我緩緩說：「是喜歡。」

葉陽不語，但是阿姨看起來好像很開心：「那向禹喜歡她嗎？」

「他當然喜歡，怎麼可能不喜歡。」葉陽微笑開口：「旁觀者清，也許你自己不知道，但我在旁邊都看的出來你很在意她。不然那時候，你就不會第一個就衝去找她了。」

「也許在更早之前……」葉陽又說：「你就喜歡她了。」

「如果是這樣，你有回答那女生的告白嗎？」阿姨問。

我搖頭，當時都嚇傻了，根本忘記回應。

「如果我也說我喜歡她，」我問：「那我們是不是就是男女朋友了？」

「是啊。」阿姨微笑說：「當年我跟葉陽的爸就是跟對方說『我喜歡你』，之後就在一起了呢。」

葉陽聞言只是吐槽：「媽就是這樣被爸拐走的。」

阿姨只是笑笑的，沒有說話。

「你好好思考怎麼回覆吧，我要去睡了。你明天別遲到啊。」葉陽起身走回房間，而阿姨只是拍了拍我的頭，也回去了房間。

此時客廳只剩我一個，我拿出手機，找出薛玉棠的電話。

不知道她跟她媽媽和好了沒？

猶豫了很久，我還是鼓起勇氣，按下了通話鍵。

「喂？」雖然電話很快被接起，但聲音卻不是薛玉棠的。

我拿開話筒，確定我打電話過去的對象是薛玉棠，於是我狐疑的問：「這是玉棠的手機吧？

請問你是她的誰呢？」

「是她的手機沒錯啊，至於我啊，我是她男人啊。」

「男人？」

「嗯，啊你又是誰？」

結果電話下一秒突然被掛斷。

我莫名奇妙的看著手機螢幕，最後把手機放下，開始懊惱明天去學校要用什麼心情面對她？

『也許在更早之前……你就喜歡她了。』

然而這幾天，阿姨為了慶祝我跟葉陽終於都十八歲了，她還特別破費買了兩台腳踏車。

「想說你們上學坐公車人擠人也很麻煩。乾脆給你們買一台腳踏車了。」阿姨豪邁的說道。

隔天到學校，看到薛玉棠在發英文習作簿，我放下書包，上前問：「需不需要我幫忙發？」

薛玉棠看到我的表情突然變得驚恐，之後她搖頭說：「不用不用，沒有很多，我很快就發完了。」

她趕緊掠過我，但卻不小心撞到別人的課桌椅。

「哎呀！」她摸了摸膝蓋，看起來非常的痛，坐在位子上的白苡禾一臉狐疑的過來：「你們在幹嘛？」

「沒事吧？」我也順勢接過她手上的習作簿，「我來吧。」

「柯向禹……」

「唉唷妳就讓他發嘛，他想幫忙就給他幫啊。」倒是白苡禾不以為意的說著。

薛玉棠看了我一眼，之後快速移開目光。

我摸了摸鼻子，也幫忙發著作業。

鍾恆這時來學校了，他看到我在幫忙發作業，疑惑的問道：「英文習作簿？你怎麼幫玉棠發作業？」

「就幫忙而已。」我淡淡回應，沒有很想仔細的跟他報備。

「我當然知道是幫忙，我是問為什麼是你發？」

「我不覺得我跟你交情好到我什麼事情都要跟你說吧？」

「柯向禹！」

「好了好了，不要這樣。」鍾恆旁邊的同學趕緊上前勸阻，即便我根本沒有要跟他吵架的意思。

之後鍾恆逕自回到座位，而我也沒當一回事，幫忙把英文習作簿發完。

『來打個賭。你證明你比我厲害，那麼，我就不會阻擾你去追玉棠。』

唯一能讓鍾恆再也沒話說的機會，無疑是校慶時的大隊接力。

我看向薛玉棠，她正在看書，而魏青茹這時突然轉過頭來看著我，對我揮手，看起來很熱情。

我快速移開目光，但還是敵不過自己的眼睛，總是偷偷地看向薛玉棠。

「你在看薛玉棠是嗎？」旁邊的胡甚齊說道。

「咦？」

「很明顯啊。雖然魏青茹都說你喜歡她，但我從不這麼覺得。」胡甚齊低聲說：「但魏青茹喜歡你吧？」

「不知道。但是我不喜歡她。」難得有人沒有相信那莫名奇妙的謠言。

我看著旁邊的胡甚齊，之後問：「你談過戀愛嗎？」

胡甚齊點頭說：「有啊，國中時交過兩任女朋友，高一時也交過一個，現在單身。」

我微微愣了一下，沒有想到胡甚齊戀愛史如此豐富。

「呃……我想請教你一個問題，」我說：「如果有一個人對你說喜歡，而你也剛好喜歡她，下一步該怎麼做？」說完，我便拿起旁邊的礦泉水。

「也讓對方知道你的心意，然後交往啊。」

我喝了一口水，但還是有在聽他講話。

「接下來！」胡甚齊故作輕鬆的說。

我用眼神表示我的疑惑，但他也不賣關子，下一秒直接說：「接下來！成功交往就快把對方撲倒！」

「噗——」結果口中的水就這樣被我噴出來。然後我就開始咳個不停。引起了附近同學的關注。

「同學，請安靜喔。」台上講課的老師如此說道。至於胡甚齊那不正經的建議我不打算採納。

5. 薛玉棠

從洗手間走出來時，我意外的看到柯向禹也從男廁走出來。

在對到眼的那一剎那，我的心緊了一下。

我漫不經心的照著鏡子，而他則是在旁邊洗著手。

我們一同走回教室，尷尬的氣氛依舊籠罩在我們兩個之間，揮之不去。

經過一間教室的小花圃時，我看到一隻蝴蝶原先停在花瓣上，但我們走過去時，它卻飛走了。

也許是看到我停下腳步，柯向禹也跟著停下，他問：「怎麼了？」

「沒有，我剛剛看到蝴蝶短暫停在花瓣上，覺得有點新奇。」我笑著說。

柯向禹聞言倒是沉默了一下，之後他看著我，說：「班導說過，這個情形，可以形容為蝴蝶為花醉。」

「蝴蝶為花醉？」我先是疑惑，之後笑了出來：「東哥也太文藝了，不對，他本來就是教國文的，看到這個還可以描述的如此詩情畫意呀。那東哥有說蝴蝶為花醉的由來嗎？」

柯向禹倒是認真的思索起來，他好像是一句不漏的轉述班導的話：「那隻蝴蝶，大概是有被迷戀的那一瞬間，才會每天願意來這個小花圃尋找他想要的花。」

我聞言再次點了點頭：「好像有那麼一點點的道理。」感覺被班導描述的有點浪漫呢。

蝴蝶，為花醉是嗎？

看著他的臉，我抿了唇，既然這裡只有我們兩個，於是我先解釋昨天的烏龍：「那個，昨天你打電話來，接的人其實是我哥。如果他有說什麼奇怪的話，你不要理他就好。」

「妳有哥哥？」他看起來很訝異。

我點頭，之後故作輕鬆的說：「至於我昨天說的話……」

柯向禹專注的看向我。

「你……你就別當真了吧。」我笑笑說：「我昨天是跟你鬧著玩的啦。」

喔天薛玉棠，妳怎麼越解釋越糟啊……我心想。

說完這些話的當下，真的超想撞牆的。

見柯向禹沒有說話，我發覺我跟他之間的氣氛越來尷尬。

「所以，那個玩笑……你聽聽就好。」我抿著唇，哀怨的閉上眼睛。接著像是心虛般想要逃離現場。

下一秒，我的手卻被人拉住，之後我整個身子轉向那個人。

柯向禹拉著我的手，此刻他的眼裡，只有我一個人。

這時，他開口：「我喜歡妳。」

我微微睜大眼睛。

突如其來的告白使我腦袋停止運轉，我呆愣愣的站在原地，連自己要去哪個方向都搞不清楚。

「是、是喔……」連自己在說什麼也不知道，甚至差點撞上牆。

「小心。」他伸手為我擋住額頭，使我趕緊回神。

我看向他的眼眸，他的眼神是如此的認真，剛剛他說的那些話不是玩笑話似的。

我們兩個就這樣站在原地對視，一時半刻不知道該說些什麼。

我連我們現在是什麼關係都搞不懂了。

「玉棠，所以妳跟妳媽和好了嗎？」回到教室時，白苡禾如此問道，而我眼角餘光則是看著柯向禹。

「嗯，和好了。」我漫不經心的回答。

中午的時候，白苡禾約我到學生餐廳吃飯。

「妳還好嗎？。」她湊近問：「妳跟柯向禹之間有點奇怪，怎麼啦？」

「我昨天就在路上遇到柯向禹，然後不知道怎樣，我就突然……跟他告白。」我絞著手指說道。

「什麼？」白苡禾訝異的大聲說。

「噓！」我對她比噤聲的手勢，之後說：「結果他剛剛突然……突然對我說『我喜歡妳』，搞得我現在還有點腦袋不清楚，很混亂。」

「哈哈哈哈，柯向禹感覺挺可愛的欸。」她笑著說：「我覺得妳喜歡他，他也喜歡妳。你們就差一步就在一起了啊。」

「問題是我們現在就是卡在奇怪的關係。」

「妳就問他要不要跟妳交往啊。」

「才不要。這樣問怎麼感覺有點難為情？」

「哪會，其實看到你們這樣，我也想跟葉陽告白跟提交往了欸。」

「……」我還在猶豫著。

「欸薛玉棠，明天放假了，下次遇到就是運動會了。」

說到運動會，我突然想到，柯向禹要參加才藝表演。

不知道他要準備什麼曲子。

然而學校的運動會有一個特別的活動，就是在運動會結束之後，會辦個半小時的娛樂時間，學校會在操場放音樂，讓想跳舞的學生去操場中間，往年許多人都在操場開始的跳舞。聽說也是很多人在那個活動順利交往的。

我想，用那樣的方式跟柯向禹表明心意，會不會是一個好時機呢？

6. 柯向禹

「向禹，我今天要跟同學去唱歌，我有跟媽說了，我會比較晚回來。」放學的時候，葉陽如此對我說道。

「別玩太晚。」我叮嚀著。

然而葉陽只是揮了揮手，就這樣跟他同學離開學校。

回到家就算洗完澡躺在床上，但我的思緒，依舊還停留在早上。
因為告白得措手不及，所以導致我們現在就算坦承心意，卻不知道算不算交往的階段。
阿姨今天感覺有點忙，她吃完飯之後就在房間裡，聽說要做記帳的紀錄。
此時我的心中突然有個靈感，我隨手敲了敲桌子，不過內心深處像是在編織一首來自腦海中的即興創作曲。
『大概是有被迷戀的那一瞬間，才會每天願意來這個小花圃尋找他想要的花，對吧？』
一開始不懂班導突然說這句話的意思，但現在好像多少也明白了。
現在晚上十一點，一陣手機鈴聲使我回神了過來。是葉陽打來的。
「我在門口，你來開門。」葉陽說道。
掛完電話，我打開房間的門，經過阿姨房間時，發現她已經熄燈睡覺了，也好，不然葉陽如果直接按門鈴，一定會吵到她。
我悄悄打開大門，葉陽喝的滿臉通紅，他撐著旁邊的牆壁，快要站不穩了。
「你怎麼喝成這樣？」他渾身的酒氣使我忍不住皺眉。
「呵呵，喝酒感覺挺痛快的。就不知不覺喝了那麼多。」葉陽傻笑著，原先要自己走進來，但是因為太醉站不穩。
我趕緊攙扶著他走進房屋內。接著扶著他上樓。
打開了他的房門，此刻他突然抓著我的肩膀，雖然力道不大，而他看著我的眼神，從迷惘到專注。

「向禹。你跟薛玉棠在一起了吧？」

葉陽突然一問，我頓了一下，之後微笑搖頭。

「白苡禾跟我說，你們大概成了。成了、成了……」葉陽突然開始傻笑。

「你早點休息，下次別喝那麼醉。」我皺眉。

「向禹啊。你知道嗎？我啊，一直都希望你幸福快樂。」葉陽轉向我，眼裡那複雜的情緒再次出現：「因為愛啊。我愛你啊。」

「葉、葉陽？」葉陽這突如其來的話使我愣在原地。

「早就……不把你當弟弟了。」葉陽說完便直接癱倒在我身上，睡的不省人事。

我攙扶著他到床上，看著他因酒醉而通紅的臉龐，我思緒頓時非常混亂。

我跟葉陽是從小一起長大的兄弟，即便沒有血緣關係，但是我們之間的感情是不會輸親生兄弟的。

我是一直把他當成哥哥，只是他對我的感情，我卻一直沒有去探究。

最後我轉頭看向他睡著的樣子，悄悄地關上門。

「向禹，早安。」隔天的時候葉陽下樓看到我，就跟平常一樣的打招呼，此刻的他很清醒。

阿姨一早就去菜市場了，所以屋內只有我跟葉陽。

「早安。」但是對於他昨天突然對我說出口的話，使我面對他不知道該用什麼心情。

「你怎麼了？」葉陽問。

「沒、沒有。」我找個理由：「我在想早餐要吃什麼。」

「不然我們去巷口轉角那間吃好了，我之前吃過幾次，我覺得蠻好吃的。」葉陽說著，對於昨天發生的事情他好像不知道。

「好啊。」我還是答應了。

坐在早餐店裡，我們等著餐點上桌，平常無話不談的我們，此刻竟然沒有人開口打破沉默。

葉陽點的漢堡送上來了，而我點的蛋餅也隨即送上。

「向禹。」葉陽開口了。

「嗯？」

「我昨天很晚才回家對吧？」

「對啊，昨天是我幫你開門的。」

「……我怎麼沒有印象？」

我狐疑的看著葉陽，他又問：「我昨天是不是醉的很厲害？我應該……沒有對你說一些奇怪的話吧？」

我雖然沒有馬上回答，但也許是眼神出賣了我，葉陽這時訝異的說：「拜託，柯向禹，如果我真的說了不得了的話……請你別當真啊。」

看著葉陽有點懊惱的樣子，我搔了搔臉，之後說：「沒事的。」

「我是不是昨天對你說我愛你之類的。」

結果聽到這句話的我差點被奶茶嗆到。

「真的是這樣啊……太糟糕了，」葉陽扶額：「我同學說我昨天喝醉酒碰到人都是說愛你這句話，沒想到連你也遭殃了。」

「所以……」我小心翼翼的問：「真的不是真心話？」

「怎麼可能。」葉陽微微一笑。

我微微點頭，幸好……不是我想的這樣。

「不過，向禹。」葉陽這時專注的看著我：「你的幸福很重要。所以希望你跟薛玉棠可以在一起。」

在家沉澱了兩天之後，星期一的運動會終於到來。

看著才藝表演的順序，我發現我竟然是最後一個，而且早上十點就開始了。

「柯向禹。」一到學校，薛玉棠微笑的上前，「加油！」

她跟平常一樣，都是面帶微笑的接近我。

「才藝表演，」我開口：「妳會來看的，對不對？」

薛玉棠看著我的臉，最後微笑點頭：「會呀，之前就答應過你了。下午的大隊接力，你也要加油喔！」

我嘴角微微一勾：「會的。」

只見薛玉棠最後低下頭略微害燥的離去，我看了不禁莞爾。

才藝表演要表演的曲子，其實就是我先前的自創曲，經過這兩天，我終於編完了。

運動會的流程不外乎是開場典禮、來賓致詞以及社團小表演的場面，當真正開始運動會時，已經是早上九點之後的事情了。

「請有參加才藝表演的同學，到司令台後面集合。」

聽到這司儀的聲音，我不禁愣住。

竟然是班導？

他居然是才藝表演的司儀？

當我走到司令台後面，班導笑著拍我的肩膀。

「我把你排在壓軸。感謝我。」班導笑著說。

「什麼？」我大聲的脫口而出。

「柯向禹，難得聽到你那麼大聲說話！」班導揉了揉耳朵，之後還是笑著：「我期待唷。」

如果眼神可以殺人，我想班導大概是屍骨無存。

我嘆了一口氣，現在也要上台了，抱怨再多也沒用。

才藝表演有人表演跳舞，有人表演樂器，像是小提琴、吉他等，每個表演的都令人嘆為觀止。

前面的表演都結束，只見我們班導用麥克風說：「最後的才藝表演！有請我們班上的學生柯向禹上台！」

班導介紹完之後，我深吸一口氣，之後走上台。

畢竟在這麼多人面前彈鋼琴，倒是第一次，所以有點緊張。

當我看到薛玉棠出現在台下時，我便對她露出微笑。

走向鋼琴，打開琴蓋，我發現以前的回憶帶給我的難過事情，也在這一刻，沖淡不少。

不論是李華恩當初有目的的接觸，還是楊勝賢那芥蒂的疏遠。

因為薛玉棠，她是沒有目的，沒有理由的陪在我身邊。

我看著薛玉棠，她這時也看著我。

我坐下之後，試彈了一個音，班導用期許的眼神鼓勵著我，最後我看向琴鍵，用我腦海中編織的曲子，彈奏出來。

自從遇到薛玉棠時，我的心就因為她而轉動。

搬來這裡，原先對生活沒有什麼太多的期待，直到遇到她。

表演完之後，我趕緊走下台，想找尋她的身影。

但是我發現怎樣都找不到她。

直到白苡禾拍了我的肩膀，笑著說：「玉棠她回去圖書館了。她今天打算在圖書館讀書。因為她想看你的才藝表演，所以才會從圖書館出來。」

我明白白苡禾的意思，我微笑說：「謝謝妳，白苡禾。」

聽從白苡禾的指示，我來到了圖書館。

走進圖書館，發現只有薛玉棠在裡頭。

我悄悄拉開她旁邊的椅子，她看到我，明顯愣了一下。

而我只是莞爾，接著看著擺在她桌上的那一疊教科書。

「妳怎麼在這裡讀書？」我問。

「我現在沒有補習了，所以更要加緊努力用功呀，所以能有可以讀書的時間，我就不會放過。」她微笑說道。寫著筆記的手卻沒有停止過。

看來，她家裡對她的要求非常的高。

她給人的感覺一開始很像溫室的花朵，但自從上次看到她跟她媽媽起爭執，我就不這麼認為了。

「柯向禹。」這時薛玉棠突然叫了我的名字。

我轉頭看向她，她微笑說：「你彈鋼琴真的很厲害，那首曲子也很美。」

我也微笑，說：「那首其實是我自己想的，只是……我彈的還不能算是完整版。」

「你自己編的？」薛玉棠非常訝異：「好厲害！」

其實靈感就是來自於妳。我沒有說話，只是微笑著。

她的臉頰微微的泛紅，最後把頭轉向書本，說：「我最近……找到了自己想要做的事情。」

「什麼事情？」

「我想讀社工。」

「挺適合妳的。」我衷心的說。

「真的嗎，你跟苡禾都說一樣的話。」她托著腮，說：「不過目前我媽不可能同意我讀社工的。」

「……」想到她媽媽那副撲克牌臉，對於薛玉棠，她是不是每天壓力都很大？

「對了，你沒有賽事嗎？」

我搖頭：「我只有參加大隊接力。」

「原來。」

看著她繼續看書，為了不久之後的學測努力，而且是比別人更努力。

過了十分鐘，薛玉棠敵不過疲累，於是趴在桌上小睡。

沉靜的睡顏、白皙的後頸，讓我目不轉睛的看著她。

我抬起手，為了不弄醒她，我輕輕的撩過蓋在她臉上的髮絲。

第五章

1. 薛玉棠

微微睜開眼睛，我才發現我不知何時，居然趴在桌子上睡著了。

柯向禹此刻也趴在桌上睡著了，他的臉這時是朝著我，也因為他現在是闔上眼睛，所以我可以光明正大的看著他。

柯向禹彈鋼琴的樣子是如此的美麗。

想起前陣子他說過的，蝴蝶為花醉。

我想，我已經開始為他沉醉了。

他有著好看的雙眼皮、白皙又保養很好的皮膚，看著他修長的手指，這樣的男生如果不受女生喜歡，真的很可惜。

以往我是這樣想的。

但是現在我已經不這麼想了，我反而希望，待在他身邊的人是我。

柯向禹，這世界欠你的溫柔，我想全部給你。

我伸出食指勾著他的食指，但是下一秒，他卻勾緊了我的，我微微一愣，看著他悠悠醒來。

我趕緊鬆開他的手，在他半睡半醒之間，我趕緊收拾好書本。

「那個，中午了喔，要回教室吃飯了。」我故作鎮定的說。

「嗯。」他睡眼惺忪的揉眼睛，那句嗯還帶了點睡意。

慘了，現在感覺對他的濾鏡太重，他的一舉一動都能讓我心亂掉一拍。

『我想讀社工。』

『挺適合妳的。』

柯向禹稍早對我這樣說，使我的心中像是有一股力量一樣。

同樣的話語，從他口中說出來，對我的意義竟然如此的非凡。

🦋 🦋 🦋

下午的大隊接力賽事隨著時間的飛逝終於到來。

看著班上有參加接力的同學，我們這些沒有下去跑的則是負責當啦啦隊。

「苡禾，加油！」我笑著對她說。

「妳該為柯向禹加油吧，他才是主角。」白苡禾笑著說。

我看向柯向禹，最後在跟他眼神對到之前，我就已經移開了目光。

「等等結束過後，不是有娛樂時間嗎？」白苡禾又說。

我微笑點頭，之後聽到她說：「我有邀葉陽一起跟我跳舞，然後……他答應我了！」

「他答應了？」我有點驚喜，那這樣來看，白苡禾跟葉陽也許有機會。

「嘿嘿，看我們班的表現吧！」隊伍要到操場中央集合，白苡禾笑著對我說。

「加油！」我也笑著。

排在最後一棒的柯向禹走在隊伍最後一個，當他經過我身旁時，我微微揚起嘴角，輕聲說：「加油！」

「會的。」柯向禹的眼睛此刻只有我一個人的身影，看著他的眼眸，我微微一笑。

「青茹女王！看著我的表現吧！」陳晉寶一邊回頭一邊對著魏青茹說。

魏青茹此刻站在我旁邊，她也是跟我一樣是當啦啦隊的。

「嘖，真的是。」魏青茹略微翻了白眼。

看陳晉寶的樣子，他是真的很喜歡魏青茹呀。

「薛玉棠。」魏青茹叫了我的名字。

我回頭看向她，好奇問：「怎麼了？」

「妳跟柯向禹……在一起了嗎？」

「還沒，但是……」我微微頓了一下，但還是鼓起勇氣說：「我已經跟他告白了。」

魏青茹微微睜大眼睛：「那他怎麼回答！」

「魏青茹，柯向禹是不可能喜歡妳的。」一樣當啦啦隊的唐孟婷如此一針見血的說道。

「唐孟婷！請問我現在是在跟妳說話嗎！」魏青茹動了火氣。

「我只是說實話而已，坦白說，大家都認為柯向禹不喜歡妳，而是喜歡薛玉棠！妳啊，妳該看看為妳付出的陳晉寶吧！」

「妳再說！」

「大會報告！大隊接力即將開始！」正當我要勸架的時候，廣播聲及時救了我。也因為這個廣播，她們的爭執才沒有繼續吵下去。

魏青茹瞪了唐孟婷一眼，最後走向操場。

我略微無力，有時候唐孟婷總是語出驚人，讓人有時候不知道該如何應對。

「走吧，」我對她說：「我們該去幫忙加油。」

「喔，好吧。」唐孟婷似乎不被魏青茹影響。

站在操場中間，我看見另一邊的柯向禹穿著最後一棒的背心，站在那裡看著賽事。

現在輪到白苡禾跑接力，我一邊喊著加油一邊揮手。

葉陽站在我右前方，我有發現當白苡禾跑過他眼前時，他們兩個有在那一瞬間對到眼。

鍾恆位於第三名的位子，以一步之差落後第二名的速度把棒子交給了柯向禹。

在柯向禹拿到棒子的那一刻，他奮力衝刺，我們班的人紛紛跑去終點，包含我也是，我相信他會拿下第一名的！

我站在終點等待他的到來，果然過彎之後，柯向禹追上來第二名，離第一名越來越近，但是終點卻也越來越近。

「柯向禹！」班上的人為此亢奮起來，紛紛為柯向禹加油。

「柯向禹！加油！」我也喊著。

果不其然，柯向禹用一樣的速度衝刺，在最後的幾公尺終於追過第一名，領先了終點線！

班上同學的歡呼聲，代表著這次的第一名是我們班！

「恭喜三年二班第一個到達終點！」司儀如此說著。

柯向禹被班上的同學包圍著歡呼，他東張西望，似乎在尋找我的身影。

我微笑走近，他立刻找到了我。

對到眼的時候，我開心的對他比讚。

太好了，柯向禹。我開心的心想。

2. 柯向禹

大家所期望的娛樂表演也在大隊接力結束之後開始。

音樂一下，我便走到操場，看到白苡禾開心的葉陽共舞，葉陽臉上那溫柔的微笑，以及白苡禾紅潤的臉，他們會不會也在今天就會在一起了呢？

許多同學兩個一組在那裡轉圈或跳舞，而我則是在人群裡，最後終於在十點鐘方向看到了她的背影。

她東張西望的模樣使我微微勾起嘴角，接著用快步的速度走往有她的方向。

走到她身後時，我微笑牽起了她的手。

她嚇了一跳，原先一臉訝異的轉過身來，但發現是我，臉上立刻綻放笑容。

「柯向禹。」她微笑叫著我的名字，我第一次發現我的名字原來可以那麼好聽。

我牽著她的手微微出了力，薛玉棠順勢被我擁入懷裡。

「跟我交往，好不好？」我柔聲問道。

薛玉棠也伸出手抱住我，說：「對不起，那次的告白因為我覺得不夠正式，所以我決定在這個時間再好好跟你說告白。」

「現在告白也不遲。」我微笑說道，此刻也了解到，原來擁抱是一件這麼溫暖的事情。

在抬頭的瞬間，我看到了前方不遠處的葉陽跟白苡禾，葉陽似乎從剛剛就一直看著我們，然而白苡禾則是看著他，下一秒，白苡禾踮起腳尖，往葉陽的臉上親了一口。

葉陽有點不知所措的看著她，只見她對他說了話，葉陽就呆呆的站在原地。

正當以為葉陽會轉身離去時，他溫柔的端起微笑，牽起了白苡禾的手。

我微微一笑，抱著薛玉棠的手也沒有放開。

十八歲這一年，雖然我失去了我最好的朋友。

但是，我卻也遇見我最珍愛的女孩。

運動會結束後原地解散。薛玉棠開心的靠過來，我也微笑的牽起她的手。

「我們先走啦。」白苡禾跟葉陽也走了過來，他們兩個也是手牽著手，她說：「我們約好要一起去吃飯。」

「看妳想吃什麼，我就吃什麼。」葉陽溫柔說道。

我不禁莞爾，薛玉棠也是。

在這一天，不只我跟薛玉棠開始交往，葉陽也接受了白苡禾。

我騎著腳踏車，而薛玉棠坐在腳踏車後座，我就這樣載著她離開學校。

「向禹，我想去之前的河岸。」

我勾起嘴角，稍微偏頭看向她，說：「這麼巧，我也正好要帶妳去那。」

「那我們很有默契耶。」薛玉棠開心的說。

微風吹拂，看著眼前平時都會看到的風景，此刻都覺得非常不一樣。

騎到河岸，薛玉棠下了車走下去斜坡的草皮，而我在上面停好車也走了下來。

「沒想到白天看也挺美的欸。」薛玉棠讚嘆說道。

「是啊。」我這時也微笑的用食指勾起她的食指，說：「勾手指。」

薛玉棠愣了一下，我依然笑著說：「妳中午的時候是不是有偷勾我的手指。」

「沒有啊。」她看向旁邊。

我微微勾緊了些，莞爾說：「不然是別人勾的嗎。」

那時候雖然我是趴著睡著，但是薛玉棠的一舉一動我還是知道的。

「什麼啊，原來你那時候沒有睡著嗎。」薛玉棠微笑的皺起鼻子，手還稍微晃了一下。

「如果我那時候醒來，想必妳一定會非常難為情。」我掩嘴笑著。薛玉棠見狀還真的有點害臊。

「向禹。」薛玉棠這時開口：「你現在……幸福嗎？」

「嗯。」我微微勾起嘴角，「很幸福。」

我再度把她擁入懷裡，說：「坦白說，前陣子知道楊勝賢過世，那段日子我真的非常的難受。」

薛玉棠聞言，沒有說話，只是微微抱緊了我。

「不過，」我低頭看著她：「幸好有妳。我才能挺過來。」當然還有葉陽跟阿姨的陪伴。

「所以你會轉學的原因，就是因為他嗎。」薛玉棠問。

「是。」我的思緒掉入了過去：「我替他扛下一些罪，所以被強制轉學。」

薛玉棠突然抬頭看向我，眼底透露出心疼。

「楊勝賢小時候救過我，因為我們曾經遇到歹徒，他那時候替我擋下了拳頭。所以我算是欠他一份人情。」

薛玉棠微微一愣，之後握緊了我的手，給予我無聲的安慰。

「……我會陪你。」薛玉棠略微哽咽的說：「不論如何，我都會陪著你。」

我微笑的摸著她的頭髮，「我沒事的，不要難過。嗯？」

她只是依靠在我懷抱裡，最後輕輕點頭。

這時一陣風吹了過來，也吹起了她的馬尾。

我還看到了幾隻蝴蝶，因為這附近有一些小花叢，蝴蝶都會在花上面做短暫的歇息。

我心目中的蝴蝶，同時也是花的人，已經在我的身旁。

3. 薛玉棠

運動會結束，柯向禹騎著腳踏車先是載著我到河岸，最後載我回家。然後進屋的時候，我一開始還依依不捨的看著後面的柯向禹。

柯向禹也一直站在原地，等待著我進家門。

就連轉開門把，我還是看著他。

這時他傳了簡訊過來：晚上我們來通電話，好嗎？

我微笑對他點頭，之後終於捨得向他說再見。

在運動會這天，我也交了生平第一個男朋友。

在我迷惘的十八歲人生裡，柯向禹就像是我的浮木。

洗好澡之後翻開書本，雖然生活一樣沉重，雖然媽媽的期許一樣高壓，不過現在我多了一個動力，心情上也有一些轉變，就算現在生活沒有任何變化，但至少我的心態開始在改變了。

看著自己的食指，我不禁微微一笑。

「真可愛，居然知道我偷勾他的手……」我笑得合不攏嘴。

不行，現在最重要的是要先讀書，沒錯，先讀書。

我翻開課本，讓自己的注意力放在書本裡。

我想找一天讓媽媽知道我跟柯向禹在一起的事情，我不想要我的戀情是偷偷摸摸的。不過在這之前，我一定要顧好我的課業才行，這樣媽媽才會放心。

還有，我將來的目標，也很重要。該怎麼為這些事情找到平衡點，也是我最需要思考的。

直到看到掛在牆上的時鐘，我看了看手機，想說要不要打個電話過去給他呢？

如果他睡了呢？

想了想我還傳了訊息跟柯向禹：睡了？

柯向禹下一秒立刻打電話過來，我隨即接起。

「還沒睡喔？」我躺在床上問道。

「還沒。」

「為什麼？明天還要上課呢。」

「妳哄我睡覺。」他語帶笑意。

「這是什麼要求？」我也笑了出來：「唱歌哄睡覺嗎？我不會唱歌啊。」

「也不用唱歌。只要聽到妳的聲音，我今晚大概就能睡的好。」

「柯向禹，這句話是不是從網路上抄下來的。」我說歸說，但充斥在心中的甜蜜讓我嘴角失守。

「不是，這是我心中的想法。」他溫柔的嗓音從話筒另一端傳來，也給了我安心的力量。

「玉棠，早點睡。」媽媽敲了一下門叮嚀著。

我把話筒拿開，隨即應聲：「好！」

媽媽的腳步聲離去之後，我再度拿起手機：「我回來了。」

「妳好像真的該睡了。」

「等會吧。」現在只想聽你的聲音呢。

「柯向禹。」過了一會兒，我說：「你阿姨知道我跟你在一起了嗎？」

「嗯，她知道了。也知道葉陽跟白苡禾在一起。」

「原來。我也在思考，想找一天跟媽媽說這件事情。」

柯向禹沉默，但我能明白他在沉默什麼。

畢竟我媽媽嚴厲的樣子，他不是沒有看過。

「我想光明正大的談戀愛。」我說出我的想法：「只想跟你正大光明的談戀愛。」

「其實，我也有在想，」柯向禹說話了：「如果妳想跟妳媽媽說這件事情時，我想陪妳。我們一起說。」

聞言我笑了開來：「真的嗎？」

「真的啊，」他說：「因為我也想光明正大的跟妳在一起。」

「謝謝你，柯向禹。」我感動的說。

也許才十八歲，人生還很長，什麼事情都無法預料。

但此刻，我想珍惜現在在我眼前的人。

想好好珍惜當下。

「真的該睡了，玉棠。」柯向禹溫柔的說。

「你也是，你這樣睡得著嗎？」我笑著問。

「當然。」

「那，晚安。」

互道晚安之後，我立刻放下手機，把電燈關掉。準備就寢。

我面帶微笑，最後沉沉睡去。

晚安，向禹。

✽ ✽ ✽

今天走出家門上學時，我的心中雀躍不已。

因為去學校就可以看到柯向禹，而且我們說好今天要在音樂教室一起讀書。

正要走去搭公車的時候，柯向禹突然從後面牽起我的手。

「你？」他牽著腳踏車，似乎在這附近等我出來。

「找妳一起上學啊。」

我微笑看著兩個交握的手，柯向禹的手好溫暖。

「玉棠，放學妳有空嗎？」

「有啊。」

「那……妳想不想跟我去看一下我爸媽。」柯向禹微微勾起嘴角：「我想要介紹妳給他們認識。」

我想起之前柯向禹有提過他的爸媽已經不在人世了，頓時感到一陣難過，不過他還有阿姨還有葉陽，有這兩個人對他的照顧，柯向禹也是平安的長大了。

往後，他還有我。

「好啊。我也很想看看他們。」我微笑說道。

「上來吧。」柯向禹跨上腳踏車，回頭看著我。

我笑了一聲，之後也坐在後座，輕輕拉著他的衣服，說：「前往學校！司機先生！」

「好！」

在我們兩個的笑聲之下，前往學校的路上風景也如此美麗。

停好腳踏車之後，我跟柯向禹並肩而行。

走到教室門口前的小陽台，我們剛好也看到了白苡禾跟葉陽站在那裡聊著天。

「你們來了啊！」白苡禾笑著揮手，葉陽則是微笑的看著我們。

白苡禾興致高昂的說：「我們四個要不要考完學測找一天一起出去玩，玉棠，到時候妳媽媽會同意的吧！」

我看著柯向禹，最後微笑說：「考完試的話當然沒問題，我媽那個時候應該是不會管我太嚴。」

「玉棠。」葉陽這時開口：「向禹就交給妳了。」

白苡禾這時看向葉陽，我則是微笑說：「我會的，你也要好好對待白苡禾喔。」

葉陽微笑，白苡禾則是勾著他的手臂，笑著說：「他對我非常的好喔，昨天我說要去吃咖哩飯，他二話不說直接帶我去吃了呢！」

柯向禹聞言笑了。而我也莞爾。

午休的時候，我跟柯向禹就帶著自己要讀的書去到音樂教室。

我們兩個並肩坐在鋼琴前面的位子，有他在我旁邊，我覺得讀書這事情，負擔感已經沒有那麼重了。

看著旁邊的柯向禹努力的算著數學，我微笑撐著頭看著他解題。

「不錯欸柯向禹，這題我教一次你就會了。」我笑著說：「不錯！」

柯向禹對我露出溫柔的笑，說：「我想要努力讓自己變得更好。妳媽媽才會放心的讓妳跟我在一起。」

柯向禹說出這句話，我瞬間感動到熱淚盈眶。

「向禹，」但是我很快忍住了，「你已經是最好的了。」

柯向禹看向我，他似乎看出了我剛剛的情緒，他伸出雙手溫柔的摸著我的臉，用他的額頭輕輕地碰著我的額頭。

我也伸手握著他的手：「我想聽你彈鋼琴，你在運動會上彈的那首。可以嗎？」

柯向禹嘴角微微一勾，之後點頭。

他隨後走去打開琴蓋，我托著腮，微笑的看著他。

那首曲子雖然是柯向禹自創的，但我卻覺得很有畫面。

眼睛一閉上，我可以感受到此刻的我站在花園裡，看著美麗的蝴蝶翩翩的飛過去。

雖然我現在閉上眼睛，但是柯向禹彈奏的曲子卻在這時停止了，我睜開雙眼，柯向禹走到我面前，他微微俯下身子，此刻可以近距離的看著他的五官。

彷彿一切都很自然發生的，他垂下眼簾，微微勾起我的下巴，接著用他柔軟的嘴唇貼上我的。

我的初吻在音樂教室給了他。我隨後也閉上眼睛。

這是如此美麗的曲子，以及美麗的畫面。

⁂

跟在柯向禹的後頭，我們走到了兩個放置骨灰罈的櫃子面前。

看到名字上面有柯這個姓氏，想必他們就是柯向禹的父母。

「他們就是我的爸媽。」他對著我說道。

我聞言雙手合十，閉上雙眼，把想跟他們說的話講在心裡。

叔叔、阿姨，你們好。我是柯向禹的女朋友，薛玉棠。

雖然這輩子無緣可以跟你們見面，但是你們放心，向禹現在很幸福。我會好好照顧他的。

也非常謝謝你們把向禹生了下來，可以讓我遇到他，成為我最愛的人。

真的，很謝謝你們。

我睜開眼睛，微笑看著他：「我跟他們打完招呼了。」

我牽起他的手，說：「你的爸媽一定很高興可以生下你。你要好好生活，替他們看看他們沒能看過的世界。」

柯向禹眼眶微微泛紅，之後抱住了我，我則是微笑的輕輕拍了拍他的背。

這段日子算是我過的最充實的幾天，雖然跟柯向禹交往了，但我還是有在把握時間讀書，所以幾次下來的小考我的成績還是有在水準之內。

我一如往常的讓柯向禹陪著我回家，看著他離開的背影後再拿出鑰匙轉開門把走進去。

不過屋子裡的燈光是亮的，還有交談的聲音，使我微微一愣。

媽媽今天在家是嗎？

「你這次回來就是要跟我說這個？」

媽媽的聲音傳了出來。

「當初就說好的，等玉棠十八歲之後，一切都結束了。」

聽到這句話的聲音，我頓時睜大雙眼，這不就是……爸爸的聲音嗎？

「重點是她明年五月才十八歲。」媽媽說道。

「有差了嗎？她也大了，也該為自己的人生做決定了！」

「等到她考上最高學府，往後她的人生當然就是自己要負責！」

「妳為什麼總是要這樣剝奪孩子想要做的事情？」

「你懂什麼？我這是為她好！鈺賢現在能發展的那麼好，我付出的苦心也沒有很少好嗎！」

「我真是受夠妳了！孩子也大了，我們到此為止吧！」

我見狀想轉開門把，結果哥哥下一秒突然出現，他緊緊拉住我的手，不讓我開門。

「哥？」

「不要進去。」

「為什麼？」我震驚的問：「爸媽他們在吵架啊！」

「……他們其實已經吵很久了。雖然媽說不要讓妳知道，但我身為哥哥，我有義務讓妳知道這些年來，爸爸跟媽媽之所以還能在一起，是因為妳。」

我微微瞇起眼，不解問：「因為我？」

「爸爸跟媽媽從以前就已經在商討離婚的事情了，他們個性不合，價值觀也不同，那是因為妳小時候哭著求爸媽不要分開，而他們也顧慮到我們還小，所以他們就一直生活到前陣子。」哥哥又說：「爸媽是因為妳才……」

「不要再說是因為我了！」我用力甩開他的手，鼻子也逐漸酸了起來：「口口聲聲說是為了孩子好，但是他們有想過我們的想法嗎？爸媽在一起如果那麼的痛苦……如果說是因為我，難道他們覺得這樣就不會傷害到我嗎！」

如果真的是這樣，那這幾年爸媽相處不快樂的原因，就是出自於我啊！

搞得爸爸最後都不怎麼回家，就是因為他已經無法再繼續跟媽媽生活了，但因為我，所以他無法完全跟媽媽做切割。

「哥，你都無所謂嗎？」我哽咽的問。

「很早之前……就已經無所謂了。」哥哥苦笑：「說真的，玉棠。當年的我，無法像妳一樣可以這樣對媽媽反抗。」

『玉棠，撐不下去的話，就別撐了。』

爸，你是不是很久之前，就已經撐不下去了？

我沒有進去家門，我需要時間冷靜，就算進家門，免不了是會害爸媽吵的更兇。

我轉身離開家，那個貌神離合的家。

我坐在河岸邊，隨著風吹著我的長髮。過了沒多久，柯向禹就騎著腳踏車出現了。

柯向禹坐在我旁邊，看著我臉上未乾的淚水，微微一愣，之後用他的拇指為我撫去。

「抱歉，這麼晚了你還特別出來找我。」我吸了吸鼻子。

柯向禹搖頭，他摸了摸我的頭，柔聲問：「還好嗎？」

我搖頭，說：「其實……我爸媽的感情一直都很不好。我一直都知道，但是都不去面對。」

看似前途很好的一家人，背後所承受的辛酸不是任何人能想到的。

「可是……」我捂著臉，說：「他們有一次想要分開，是我哭著留下的，我以為爸媽之後的相處模式會跟以前一樣，但是卻造成爸爸現在對於家庭最基本的情感也逐漸消失了。都是因為我……」

媽媽為了我向補習班哈腰讓我走後門，爸爸為了我繼續待在讓他快窒息的家，每次想到這裡，我都覺得自己好沒用。

柯向禹不語，但是他環抱住我，在他溫暖的雙臂之下，我的眼淚也逐漸停止。

「即使妳的爸媽感情不好，」柯向禹開口：「但我相信，他們很愛妳的。」

我微微抬頭看向他：「真的嗎？」

「妳不相信我嗎？」

「不是的。」我抿唇：「我到現在還是不希望他們分開，可是……我希望他們可以快樂。我真的……好矛盾啊。」

「雖然我不太能幫到什麼，但是，我會陪妳度過這段日子。相信我。」

我也抱緊了他，此刻只有他，才能讓我紊亂的心暫時緩和。

他看著我的臉，之後抿了唇，眼底透露出滿滿的心疼。

接著，他便親吻我睫毛上的淚珠。

4. 柯向禹

目送薛玉棠進家門之後，我便牽著腳踏車騎往回家路上。

「向禹？」葉陽從後面叫住了我，然而白苡禾也在他旁邊。

只是葉陽也突然放開原本跟白苡禾牽著的手，朝我走來。同時，我也看到白苡禾略微錯愕的神情。

「對啊。剛剛跟苡禾去逛夜市，打算帶苡禾來我家坐坐。」葉陽說。

我看著白苡禾，之後我用手臂頂了葉陽的手臂，意示他看一下後面的她。

葉陽微微愣了一下，之後看向逐步走來的白苡禾，滿臉歉意的說：「苡禾，抱歉啊。」

白苡禾端起微笑，說：「真是的，你到底是多擔心柯向禹呢？不知道的人以為你是弟控。」

之後白苡禾看向我，問：「玉棠沒事吧？聽玉棠說你剛剛去找她，她還好嗎？」

我微笑點頭，說：「我會陪著她。放心吧。」

「那就好，不過這個時候，你確實需要陪在她身邊，有什麼事情需要幫忙的，也儘管說一聲。」白苡禾說。

「謝謝妳。」

阿姨這時出現在門口，走近說：「你們怎麼站在那？不冷呀？」

阿姨也發現了白苡禾，好奇問：「妳是？」

「阿姨，我是葉陽的女朋友，白苡禾。」白苡禾微笑說道。

「妳就是葉陽的女朋友嗎！長得好可愛啊。」阿姨笑著說：「向禹，下次你也帶女朋友來給我看看呀。」

我笑了一下，之後說：「會的，阿姨放心。」

阿姨跟白苡禾看起來就很有話聊，兩個人聊天聊的很投緣，如果薛玉棠也在這，想必也是這樣的畫面吧。

葉陽這時走來我身旁，說：「白苡禾的家人已經知道我的存在了。」

「是喔？這麼快。」我說。

「嗯啊，白苡禾先跟他們說了，」葉陽略微擔心的說：「我聽白苡禾說，薛玉棠家管的很嚴格，家中的孩子都很優秀。當然不是你不好，只是你有想過要跟她媽媽坦承你跟薛玉棠的關係嗎？」

「我知道玉棠家中的情形，我跟玉棠的想法一樣，即便如此，我們還是想讓她媽媽知道，我也會努力的讓她媽媽認同我。」只是現在這樣的情況，好像不太適合跟她媽媽說這件事情。

葉陽頓了一下，之後眼底閃過一絲情緒，但更多的好像是欣慰。

「向禹，你變勇敢了呢。」最後，葉陽這樣說道。

1. 薛玉棠

回到家之後，爸爸已經離開了，媽媽則是在房間裡。

我站在客廳，哥哥則是拿著一個紙袋遞給我，說：「這是爸爸要給妳的禮物。」

我沉默的接過紙袋，裡面是一個水晶球，裡頭裝著一個紫色小熊。

爸爸真的說話算話，他會回來，而且也會帶禮物給我。

我抱緊了紙袋，哥哥摸了摸我的頭，說：「先別讓媽知道這件事情吧。」

我明白哥哥說的是什麼，但這時我也明白哥哥也是跟我一樣，對於爸媽的事情選擇逃避。

只要他們不吵架，就當做他們還是感情很好的父母。

只是爸爸不常在家罷了。

「不過，」哥哥微微瞇起了眼：「那個男生明明就是妳的男朋友，還說不是。」

經哥哥這麼一說我才想起，剛剛哥哥跟柯向禹已經見過面了。

「之前確實不是啊，」我反駁：「那時候還沒在一起好嗎。」

哥哥若有所思：「不過媽還不知道吧？」

說到媽媽，心裡又沉重了起來。於是我搖頭。

「打算要跟她說。」我說。

「妳不怕媽反對嗎？」

「我不覺得向禹不好。」我說：「我會證明給她看的。」

哥哥聞言頓了一下，之後只是微笑，沒有多言。

經過媽媽的房間時，我耳朵貼近門板，想確認一下媽媽現在是否睡了。悄悄地拉開門縫，我看見媽媽已經躺在床上就寢。我微微抿脣，最後把門關上。

🦋 🦋 🦋

「今天放學我們去約會好不好？」中午時在音樂教室讀書的我們，在休息時間柯向禹突然開口。

「要去哪裡？」我好奇地問。

「就吃個下午茶，逛個街，最後帶妳去一個地方。」柯向禹神祕的說。

「什麼地方，講的那麼神祕，害我很好奇欸。」我忍不住失笑。

「到時候妳就知道了。」他笑笑的說。還是不告訴我要去哪。

只是這時我看到他有點疲累，於是有點擔心的問：「你最近是不是讀書讀得太累？」因為他要準備考音樂學校，付出的努力一定比我多。

「還好，只是沒什麼睡是真的。」

我心疼的看著他，最後用右手手指戳了戳他的臉。

「累了的話，我的肩膀可以借你。」我說。

「喔？」

「一直以來都是我依靠你，」我由衷的說：「如果你覺得累的話，我願意當你的支柱。」

柯向禹感動的看著我，之後緩緩的把他的頭靠在我的肩膀，我見狀莞爾，也摸著他後腦勺的頭髮。

「你的頭髮好柔順。」我忍不住笑著說。

「有嗎？」

「是啊。」

有時候，無須多說些鼓勵的話，只要重視的人陪在身旁，再累也不會是問題。

放學後吃了下午茶，也逛了一下街，最後我們走到一間廟前面，我看向旁邊的柯向禹，問：「你就是要帶我來這裡嗎？」

「是啊。聽說這間廟滿靈的，而且我們也要考試，來拜一下文昌帝君。」

我聞言認同點頭：「也是，先來打個招呼，讓文昌帝君對我們有點印象。考試的前幾天再帶影印的准考證過來一趟。」

最後我們拿著香誠心的拜著文昌帝君，拜完之後，我發現廟門口進來右手邊有一座很大的樹，上面掛著很多木製的牌子。

我走近一看，發現那是許願牌。

身體健康、萬事如意、婚姻圓滿、考上好學校……等。

「想買嗎？」柯向禹在後面問。

「好啊，你要買嗎？」我回頭反問。

「當然要買。」他微笑說。

最後我們向廟方各自買了一張，我們坐在旁邊的椅子上，用奇異筆寫下心願。

「希望父母身體健康快樂、可以做自己想做的事情。」

寫到這裡，我看著旁邊的柯向禹，微笑寫下還沒寫完的話：

「希望可以永遠跟柯向禹在一起。」

「寫好了嗎？」他問道，同時筆也放下。

「寫好了。」

「妳寫了什麼？」柯向禹作勢要湊過來看，我頓時有點難為情，趕緊說：「欸，這是我要許願用的，給你看就沒驚喜啦！」

柯向禹寵溺的摸著我的頭，笑著說：「反正我也大概知道妳寫了什麼。」

我努了努嘴，說：「我想你應該是寫希望你阿姨身體健康，考上音樂學校對吧。」

「妳少說了一個，」他身子靠向我，溫柔的眼眸倒映出我的身影：「希望可以跟妳一起度過未來的時光。」

我聞言感動的笑了出來，說：「其實，我跟你寫的也差不多。」

語畢，我把我寫的許願牌放在手心上，遞給他看。

「玉棠，在這裡能夠遇見妳，真的是我最高興也最幸福的一件事情。」他溫柔說道。

我微笑的看著他，能夠遇見你，也是是我出生以來，最快樂的事情。

有你相伴的日子，我覺得自己好像真正的活著。

我們之後把許願牌掛在纏繞在樹上的線，我掛上我的，然而這時柯向禹站在我身後，他環住了我，把他的許願牌掛在我要掛的位子旁邊。

也在這時，我也看見了他的心願。

「希望葉陽跟阿姨身體健康、可以順利考上音樂學校往夢想前進、跟薛玉棠幸福的過日子，也希望她可以堅強的度過這些日子」

我忍不住微笑，笑中還帶了點眼淚。

掛完之後，我們便相擁著。

「你們兩個在幹什麼？」

聽到這聲音，我訝異的轉頭看過去聲音的方向，媽媽一臉錯愕的看著我們。

她不可置信的走近，而我感受到我體內的血液逐漸凍結。

「妳跟這個男生抱在一起，妳跟他是什麼關係？」媽媽的臉色越來越鐵青。

柯向禹原本要開口，我趕緊先說：「媽，其實我原本要跟妳坦白的。他叫柯向禹，他是我的男朋友。」

媽媽聞言愣在原地，下一秒，她不顧這裡是公共場合，直接用力搧我一巴掌。

「啪」的一聲如此響亮，我差點站不住腳，柯向禹趕緊扶住我。

「玉棠，妳有沒有怎樣？」他撥開我臉上的髮絲，擔心的問。

「你這兔崽子，誰允許你碰我女兒？給我放手！」媽媽怒吼著，也用力推開他。

我趕緊抬頭，媽媽用力拉著我的手，面目猙獰的說：「我想說來這裡幫妳替文昌帝君求個香火袋，連妳的影印准考證也帶來了。結果妳讓我看到了什麼？現在交男朋友？妳知不知道妳現在是考生，就是準備考試，其他的事情不准給我想！妳還犯了談戀愛這個大忌，妳是想存心搞死自己是不是！」媽媽越說越氣，舉起手似乎又要打我的時候，柯向禹擋在我前面，以至於這次巴掌是落在他臉上。

「向禹！」我訝異的叫著他名字，也趕緊上前看他有沒有怎樣。然而媽媽也想不到柯向禹會衝過來擋，也愣住了。

「阿姨，妳不要怪玉棠。」他低下頭說道：「是我跟她告白的，也是我跟她要求交往的。請妳不要怪她。」

我微微睜大眼睛，不停的搖頭：「不是！不是這樣的！是我先……」

柯向禹回頭看著我，趕緊輕輕搖頭，看著他的臉頰，我的眼淚忍不住落了下來。

「薛玉棠，妳現在去車上等我。我來跟他講幾句話。」媽媽冷著聲音說道。

我張開顫抖的嘴唇，但是媽媽惡狠狠的瞪著我：「快去！」

這時候如果再跟媽媽反駁下去，柯向禹的處境只會越來越艱辛。

我心疼的看著柯向禹，他對我點頭，我無計可施，最後失落的離開。

轉身離開的時候，我用手擦拭停不下來的眼淚。

車內裡一片寂靜，我坐在後座，媽媽開著車子沉默不語。

這時候應該是要說幾句話的，但是媽媽開車的速度比平常快，我微微垂下頭，頓時感到一片絕望。

不知道媽媽跟柯向禹說了什麼。但我知道媽媽一定會叫他分手。

怎麼辦，事情來得措手不及，我感到一片茫然。

我抿著唇，思考著要怎麼應對時，車子已經開到家了。

我跟媽媽坐在沙發上，媽媽雙手撐著額，深吸一口氣之後，說：「妳的手機交出來。」

我微微一愣，之後媽媽挑眉：「需要我再說第二次？」

我抿著唇，默默的把手機放在桌上。

「看妳的樣子，好像很捨不得？」媽媽失笑：「如果捨不得就不用交出來了，妳就跟妳爸一樣，有骨氣的話直接出去住好了！反正你們從來都沒把我放在眼裡不是嗎？」

見媽媽收走手機時，我又開口：「我做錯了嗎？」

媽媽抬眸，問：「什麼？」

「我交男朋友錯了嗎？」我問：「我的課業其實沒有因為我跟向禹交往而退步，上次的成績單媽也看過了不是嗎？」

「妳現在是要跟我翻舊帳的意思嗎？」媽媽用力放下手機，雙手抱胸的說：「妳是我現在全心寄託的孩子，我把所有好的資源都用在妳的身上，結果呢？補習班說不上就不上，還想讀社工系，現在更誇張，給我在外面交男朋友。薛玉棠，妳真的很沒有危機感，通常遇到這個時期，都是要認真讀書，努力讓自己考上好大學，妳不是，妳資質不如人，全在外面搞一堆有的沒的！」

「媽。如果交往的對象能讓妳變得更好，」我壓抑情緒的說：「這才有意義不是嗎？我應該……有資格選擇自己要的吧？」我的人生都被安排十七多年了，難道我自己的快樂我也不能擁有嗎？

「我不覺得他會讓妳更好。」

「妳根本不了解他。」

如此淡漠的語氣讓媽媽的眼神瞬間一變，這時哥哥剛好回來，他看到我們母女的氣氛如此怪異，微微皺起了眉頭。

「我不想再跟妳在這件事情打轉，我不可能讓妳跟他在一起，也不可能讓妳讀社工，妳現在能做的，就是給我去讀書。妳如果再給我堅持讀社工跟交男朋友的話，妳現在就給我滾出去，我這次是說真的。不信妳試試看！」媽媽冷聲說道。

最後我把話都吞下去，說：「我去讀書了。」

我站起身，無視哥哥的目光，逕自走回房間。

在房門關上之前，我依稀聽到媽媽對哥哥說：「你那個妹妹該管一下了……」

後面的話我沒有聽完，我就把房門關上了。

在關上的那一刻，隱忍許久的眼淚跟辛酸此刻宣洩了出來，我摀住了嘴巴不讓自己哭出聲音，最後依靠在門板邊無助的哭泣。

2. 柯向禹

薛玉棠離開之後，薛玉棠的媽媽看著我，問：「你跟我女兒交往多久了？」

「……差不多一個多月。」

「那好，幸好交往時間沒有很長。分手吧。」

我略微錯愕的看著她。

「玉棠是我的希望，她能去的學校就是最高學府。她這時候要專心念書，而非被其他事情影響到才對。」薛玉棠的媽媽放軟了語氣，說：「所以阿姨拜託你，以後不要再去找她，在學校你就當作沒有這個人存在。原諒我這麼自私，我真的已經把所有希望都注入到她身上了，這已經是我最後一個希望，也是唯一的希望了。」

「阿姨妳……」我忍不住開口，哽咽說道：「妳一直都是這樣看待玉棠的嗎？妳沒有想過妳這樣的想法……對她來說是一種壓力嗎？」

薛玉棠的媽媽抿著唇，之後說：「但我是為了她好。她以後會明白的，向禹，你跟她只是一時的迷戀，你們不適合。」

遠方的薛玉棠低下頭看著腳尖，我明白這時我不能再說下去了。

薛玉棠跟她媽媽的關係現在很緊張，要是我不小心說錯話，無疑會害她們關係更糟，於是我趕緊閉嘴，沒有說下去。

「我該說的都說的。總之，我不會同意你們交往，如果你們堅持要在一起，我也是有我的辦法的。我不想逼你們，所以你自重。我相信你聽得懂我的意思。然後很抱歉，剛剛不小心打到你的臉。」薛玉棠的媽媽說完之後，最後神色黯然的轉身離開。

我疲憊的坐在椅子上，眼淚也在這時候掉了下來，流到嘴角邊都還能嚐到鹹鹹的滋味。臉頰上的痛已經不是痛了，想到薛玉棠的媽媽這樣看待她的想法，讓我最為心疼。

我拿出手機，最後打下一串字：

「我沒事的。不要跟妳媽媽吵架，這個時候妳不適合跟她硬碰硬。這個時候她也很需要妳。

我的事情是不急的。」

畢竟她們還是母女，而且父母關係也起了變化，所以這個時候，薛玉棠更不應該跟她媽媽起爭執才對。儘管這樣想，但還是很難受。我把臉埋進雙手，彷彿心被掏空了一部分。

阿姨一臉擔憂的把冰袋敷在我臉上，冰袋碰觸到臉頰肌膚的那一刻，那種火辣辣地痛楚又再度傳來。

「薛玉棠她媽媽手勁也太大了吧，居然把你的臉打腫了。」葉陽皺著眉說。

而阿姨只是心疼的拍了拍我的背：「向禹啊，你現在有想過要怎麼做呢？」

我接過冰袋繼續敷著臉，思索了一陣之後說：「我是不會因為這樣就放棄玉棠。只是我現在更擔心玉棠的處境。」

薛玉棠還沒有回訊息，想必手機被她媽媽收走了。

我咬著牙懊惱著。

阿姨開口：「向禹。你也是我的孩子，看到自己的孩子快樂才是最父母最樂見的。」她心疼的看著我，也摸著我的臉心疼的說：「當然也捨不得孩子受委屈。」

晚上的時候，我依舊埋頭讀書，因為我知道，此刻的我們更要努力才行。

3. 薛玉棠

隔天早上，我穿好制服，整理好儀容之後就走到客廳，媽媽已經坐在沙發上，看似在等我。

「準備好了嗎？我載妳去上課。」媽媽說完便拿起車鑰匙，邊走邊說：「放學我也會負責接送妳，所以妳不用擠公車，也不用麻煩別人陪妳回來。」

「……」

「對了，再跟妳說一下，我晚點要叫師傅來家裡，我會在妳房間書桌那裡裝監視器，妳說妳會自己讀書是吧？這個部分我就相信妳，妳可別再讓我失望了。」媽媽的聲音毫無情感，像是在棒讀般。

「……媽，」我不敢置信的問：「妳真的要做到這樣嗎？」

「我也不想，可是妳太令人擔心了。」媽媽轉頭看向我：「妳如果真的有把未來看的重要，妳先前就不會跟我說那些有的沒的了。我會看妳表現，妳如果成績不錯，我自然會管的鬆一些，但現在已經是水深火熱的時期了，我不這麼做，妳永遠不會有警戒心。薛玉棠，現在生活已經不像妳可以隨意過一天算一天了。懂嗎？」

我看著媽媽，現在她的做為，無疑是要把我跟柯向禹徹徹底底的隔開。

那這樣我跟他最多就只能在學校才會有接觸了。

我無法明白為什麼媽媽對柯向禹的偏見那麼的重，還是在她眼裡，我是她拿來炫耀的小孩？

還是說，我就只能跟功課好的學生在一塊？就像之前在補習班一樣，那些學生面對我的眼神充滿了鄙視。

但看媽媽的態度，她絲毫沒有要跟我好好溝通的意思，我最後沒有回話，直接走出家門。

「放學在門口等我，知道吧。」下車關上車門之前，媽媽搖下車窗說道。

「媽，路上小心。」我如此說道，最後看著車子離去。

現在媽真的打算要控制我的生活，我頓時感到一陣無力，走進校門口時，我看到站在門口旁邊的人，目光就不再移動。

柯向禹微笑朝我走來，我仔細看他的臉，已經沒有紅腫的痕跡了，太好了。我欣慰的想。

我伸出手牽著他，而他也回牽著我。

經過這些事情之後，再度牽起手的我感到如此可貴。

「抱歉，我的手機現在在我媽那裡，所以無法聯絡上。」早自修的時候我跟柯向禹坐在三樓的音樂教室，我率先說出昨天我沒有回他訊息的原因。

「沒關係。我明白。」柯向禹心疼的看著我：「妳還好嗎？」

我聞言頓了一下，之後點頭。

「玉棠，」他柔聲問道：「我們之間不要隱瞞。」

此話一聽，我的眼淚又不受控的落了下來，我抿唇搖頭，最後哽咽的說：「我媽說她今天要在我房間裝監視器，想要控制我的生活。」也許從今天過後，我再也沒有自由可言，同時我也痛恨自己的懦弱，人生被安排久了，卻無法真正為自己爭取什麼。

柯向禹把我擁入懷，我把身子靠向他懷裡，閉上眼睛。

「妳的臉會痛嗎？」柯向禹看向我的臉，也用他的手摸上我的臉。

「你摸就不會痛了。」我笑著說。

柯向禹忍不住失笑，而我繼續問：「我媽昨天……有沒有對你講很難聽的話？」

柯向禹頓了一下，我的眼眸瞬間暗了下來：「果然還是有吧。對不起……」

「不用道歉。我沒有答應她跟妳分手。」他說：「只是我沒有想到她對妳的期望竟然高到這麼有壓力。」

「我也就這樣活過來了。」我淡淡地扯起嘴角。

柯向禹把我的頭靠向他的胸膛，聽著他此刻的心跳聲，我滿足的閉上眼。

「想不想彈鋼琴？」柯向禹突然問。

「我嗎？」我微微一愣：「我不會呢。」

「我可以教妳簡單的，要嗎？」他微笑問道。

看著他的笑顏，我也勾起了嘴角，說：「好啊。」

我們坐在鋼琴前，我看著柯向禹按下了幾個音鍵，我也按了幾個。

每個琴鍵都有不同的音，其實我第一次碰到鋼琴，所以覺得非常的新鮮。

看著柯向禹碰到鋼琴如此專注的神情，令人我移不開目光。

他是天生就是彈鋼琴的，他值得的。

柯向禹認真的教我彈幾個音，雖然我有點不熟悉，但也覺得很有趣，沒多久，我就會彈比較簡單的曲子。

即便在音樂教室的時間如此的短暫，但我依舊覺得幸福。

不過，在第三節下課，媽媽突然跑來學校。

「媽？」我訝異的走出教室，問：「妳怎麼會來這裡？」

媽媽沉思了一下，最後看向教室，說：「我還是不放心，所以現在想帶妳回去。」

「不放心？」我皺著眉頭，說：「我還要上課欸。」

「現在都是在複習而已，也沒有在上什麼新的課程了。我想了想，妳還是在家裡讀書就好，老師那邊我會跟他說，我直接幫妳請假請到學期末。妳現在進去收拾書包，跟我回家。」

「媽！」我有點忍無可忍，媽媽現在的行為越來越偏激，我甚至覺得我現在的安排越來越像被關進監獄的犯人般，毫無自由可言，連在學校能喘口氣的空間她也要剝奪。

「薛媽媽。」班導這時出現了，他面露疑惑的說：「請問妳找玉棠有什麼事情嗎？」

媽媽冷笑，說：「我原本要去找你呢，班導。你是怎麼教學生的？你知道我家玉棠跟那個強制轉來的學生在一起嗎？我今天來就是要帶她回去，盡量避免可以跟他接觸的機會。」

「薛媽媽。」班導一臉認真的說：「學校是社會的縮影，妳這樣做會影響到玉棠的操行成績，而且也會影響到她想學習的權利。」

「班導，你不懂。像你這樣年輕的老師，才會放任學生談戀愛不顧課業了。」媽媽一字一句慢慢說：「我，不可能會讓我女兒在社會上無法立足，我現在就是要帶她回家。到學測前，她都不會來學校。」

「我想問一下，您把孩子當成什麼了？」班導雙手抱胸：「妳沒有問過她的意願嗎？」

「我就是一直讓她照著她的意願去做她想做的事情，所以才會變成現在這樣。」

「薛媽媽，學校是學生的園地，除了讀書、考試，他們也享有交朋友的權利，只要不傷天害理，男女交往之間不越線，基本上都是沒有衝突的。如果他們交往是一件壞事，那麼，我這個班導就會管了。」

「說的這麼好聽，是想為柯向禹那孩子說話是吧，」媽媽訕笑：「我承認他看起來不像是壞孩子。但我還是不想要自己的女兒跟他走太近，我也知道我女兒目前還是放不下他，所以我來帶走她的原因也是這個。希望這兩個人在不會見到對方的情況下，可以好好地做自己該做的事情。」

這時柯向禹走來我們旁邊，班導愣了一下，說：「欸，你怎麼……」

不等班導說完，柯向禹對著媽媽鞠了躬，說：「對不起。」

媽媽冷眼看著他，而我則是滿滿的心痛。

「我會跟玉棠保持距離，不會影響她的生活，在學校也不會跟她有太多的接觸。」柯向禹依舊低著頭：「我說到做到，拜託阿姨可以讓玉棠繼續在學校上課好嗎？拜託。」

媽媽撇過頭，態度依舊強硬：「總之今天玉棠不適合來學校，我還是要帶她走。」她推了推我的背，說：「去收拾書包。」

我低下頭，但現在這樣的情形，似乎沒有反駁的餘地。

接收到同學們投向我的好奇目光，我頭皮硬著走進教室收拾書包。

「玉棠……」白苡禾一臉擔憂的靠過來：「該不會……阿姨不贊成妳跟柯向禹在一起？」

我微微勾起嘴角，沒有正面回答她的問題，僅說：「今天老師如果有交代什麼作業，可能要麻煩一下妳了。」

最後，我背上書包，在大家的目光之下，跟著媽媽離開學校。

回到家之後，我一臉茫然的站在房門外，看著工人從我房間走了出來。

在我書桌前方的牆壁上，真的裝了一個小台的監視器。

「回來讓妳休息一下，等等該做什麼，應該是不用我說了。」媽媽轉身離開時，背對著我又說：「玉棠，也許現在的妳會恨媽媽，但是……我是真的不希望妳後悔。」

說完，我聽到門關上的聲音，我轉頭看向門，媽媽早已離開。

我坐在床上，把臉埋進膝蓋裡，什麼都不想，什麼都不去面對。

「叩！叩！」敲門聲響了起來。

我微微抬頭，發現已經晚上了。

哥哥端著一杯牛奶跟一塊麵包，探頭進來說：「吃點東西吧，妳晚餐沒吃。」

我看向時鐘，也意識到自己從回來到現在，都沒有吃什麼東西，就只是坐在書桌前讀書。

「謝謝哥。」我微笑接過，此刻心頭感到一絲的暖意。

「想他的話，我的手機可以借妳。」哥哥突然開口說道。

我微微一愣，隨即感動到熱淚盈眶，之後我還是說：「現在應該要先讓媽放心才對。」

哥哥聞言不語。其實想到媽媽如此的愛爸爸，但是愛的方式不對，導致她跟爸爸的距離越來越遠，有時候也會心疼起媽媽。

畢竟在爸媽的感情生活上，沒有誰對誰錯，只有適合與不適合。

而我這時候，確實不該再增加她的情緒。

4. 柯向禹

看著薛玉棠跟她媽媽離開的背影，葉陽跟白苡禾趕快來到我身邊，班導也是拍了拍我的肩膀。

「沒事的。老師會再跟玉棠她媽媽聊的。我無法認同玉棠她媽媽要這樣剝奪玉棠她想來學校上課的權利。」班導說道。

我無奈的垂下眼眸，看到她媽媽如此的強勢，我現在到底該怎麼做才好？

「好啦，老師要去上課了，你們打鐘要進教室蛤。」班導說完便離開了。

葉陽擔心問：「沒事吧？剛剛的情形我都看到了。」

白苡禾則是不發一語，但是她的目光，一直都放在葉陽身上。

「我也很擔心玉棠。」她說。

我看向白苡禾，只是她下一秒卻直接走進了教室。

「苡禾……」葉陽叫了她，但是對方卻沒有理會。

「你們吵架了嗎？」我問。不過這兩個人的個性是不可能吵起來才對。

「呃，沒有啦。只是最近我也因為煩惱你的事情，所以可能有點忽略她了。」葉陽搔了搔頭。

「你現在做的應該是關心她才對。因為她是你的女朋友。」我拍著他的肩膀，說：「我的事情沒問題的，不用擔心。」

「我知道。」葉陽苦笑著：「我會好好的陪她。」

上課鐘聲響起，我進到教室，鍾恆站在我面前，問：「跟玉棠走不下去了？」

「怎麼可能。」我橫了他一眼，之後掠過他。

「她的媽媽對你的態度都那麼明顯，你還不死心？」

我停下腳步，轉頭看向他，說：「如果就因為這樣我就不喜歡她，那大概也不是真的喜歡了吧。你不懂我跟玉棠對於彼此的重要性，我不認為你可以直接這樣下定論。」

鍾恆當下被我堵的啞口無言，但是我也沒有心力跟他爭論這個，最後我回到位子上，拿出這堂課要上的課本。

我看向白苡禾的背影，此刻的她感到有點單薄。

現在老師還沒來，我站起身，走到白苡禾的位子旁點了她的肩膀，她看到是我，愣了一下問：「怎麼了？」

「妳跟葉陽沒事吧？」

「沒事吧？」她先微微笑著自問，之後說：「沒事啦，我只是今天心情有些低落，所以對他比較冷淡，他可以體諒的。」

我聞言站在原地，既然她都這樣說了，那我也不好多說什麼。

「對了柯向禹，」白苡禾又說：「這陣子你辛苦了。對不起，我身為玉棠的好朋友，卻什麼忙都無法幫上。」

「沒事的。妳有這份心意，玉棠知道會很高興的。」我由衷的說。

白苡禾聞言微微勾起嘴角。

可是放學時我看到白苡禾跟葉陽在門口不知道在說些什麼，但兩個人的神情有點嚴肅。

「我知道。是我不應該太過主動，讓你感到困擾。」白苡禾說完，便直接轉身離去，沒有看到在不遠處的我。

「苡禾！」葉陽叫了她，但她沒有回頭。

「葉陽。」我走上前，葉陽看到我，微微愣了一下。

「你……看到了嗎？」葉陽支支吾吾的問。

「只有聽到白苡禾最後說的話，」我問：「你們吵架了？」

葉陽頓了一下，之後說：「嗯。是我不對。」

「怎麼了？」

「也沒什麼。」葉陽苦笑。說：「這回我不對。我很清楚。」

「你對白苡禾是有感情的對吧？」我說。

葉陽看了我一眼，之後苦笑：「嗯。當然有啊。」

平常看起來很豁達的葉陽，此刻卻也有滿腹的心事。

5. 薛玉棠

我打開房門，媽媽這時剛好經過，她說：「趕快準備上學要用的東西，遲到了我可不管。」

我聞言微微訝異，說：「媽，妳不是……」

「昨天班導打電話來，說學校後天還有模擬考。」媽媽淡淡說：「雖然我還是不太相信妳，但是為了考試，妳還是去學校上課吧。」

我笑了開來，之後說：「好！」

「薛玉棠，妳在學校還是不准跟柯向禹有任何接觸。」媽媽說：「你們班導就算不管，我還是有辦法知道妳在學校的一舉一動。妳應該知道，學校有些老師其實跟我也認識。」

「媽，請妳相信我跟向禹一次。」我抿著唇，之後又說：「向禹昨天跟妳保證過他在學校會跟我保持距離，我們會說到做到的。」

「我可以相信妳嗎？」

「可以。」

媽媽聽了，僅說：「我在客廳等妳。」

我開心的拿出制服準備換上，太好了，我還可以去學校。

就算不能跟他說話，但可以看到他，我就很滿足了。

走進教室時，我跟柯向禹正好碰到面，但我們還記得跟媽媽約定好的事情，於是我們同時避開目光，從對方的身旁走過。

來到位子上時，我看到貼在我桌子出現一條巧克力。見狀我會心一笑。

我小心翼翼的拿起，像個寶貝般收藏起來。

這樣的關心，我也覺得很溫暖，也感受到他依然重視著我。

即便我跟柯向禹在一起的快樂時間如此短暫，但那也是我青春中最美的回憶。

下課的時候，白苡禾邀我陪她去福利社買東西，在走出教室的時候，剛好遇到葉陽。

「苡禾。」葉陽伸手想要拉她，我原本以為白苡禾會跟平常一樣黏著葉陽，殊不知她竟然避開他伸過來的手。

「抱歉，我認真覺得，我們需要時間思考一下這段感情該不該繼續。」白苡禾淡淡說道，連看葉陽一眼都沒有。之後她看向我：「走吧。」

白苡禾拉著我離開，在轉身之際，我看到葉陽臉上是滿滿的歉意。

「你們吵架了嗎？」我問。第一次看到白苡禾這麼的難過。

「玉棠，」沉默一陣，她開口：「我覺得葉陽他，喜歡的人是別人。」

我聞言一愣，說：「他不是喜歡妳嗎？不然你們怎麼會在一起？」

「妳運動會那天不是有看到嗎，是我先牽起他的手，他才回應我的。」白苡禾苦笑。

「妳跟他是不是有誤會？」我趕緊解釋：「你們好好談談吧。」

「沒有誤會。」她認真的看向我：「我承認葉陽是真的對我很好。可是，他的眼裡看的人永遠不會是我。他對我好的反而變成義務性的。」

「……妳為什麼那麼確定？」

白苡禾的眼眶微微泛紅，哽咽的說：「因為這個感覺我很清楚啊。我喜歡葉陽，所以我的眼裡只有他，所以也更能知道，他眼裡的人是誰！」

「葉陽他……有喜歡的人？」我疑惑著。印象中，他除了白苡禾，很少跟其他女孩子接觸啊。

「嗯，還是一個他不能喜歡的人。」聽到這個答案我更茫然。白苡禾卻突然打住這個問題：「總之，我覺得很累了。我一直以來也很努力的讓他喜歡我，可是現在我真的明白感情這回事真的不能勉強。」

「……妳真的知道葉陽喜歡誰嗎？」我依舊不解為什麼白苡禾會這麼覺得，那葉陽不可能愛上的人又是誰？

白苡禾頓了一下，之後搖頭：「我不知道。」

回到教室時，柯向禹的目光立刻放在我跟白苡禾身上。透過他的眼神，我立刻明白他想表達什麼。想必葉陽有跟他說了他跟白苡禾的事情。

「白苡禾。」柯向禹走來我們面前。

「怎麼了？」白苡禾冷淡問：「是要跟我問葉陽的事情嗎？」

「……對。」柯向禹問：「妳跟他發生了什麼？」

「沒有什麼啊，就是個性不合，考慮分開而已。」白苡禾直接掠過他，又停下腳步說：「柯向禹，其實我覺得你沒資格過問我跟葉陽的感情。」

柯向禹略微錯愕，白苡禾似乎也發覺到她的口氣有點衝，於是她說：「抱歉。我沒有別的意思。」

說完，她便快步走回位子上。

是我的錯覺嗎？她對柯向禹的態度怎麼轉變這麼大？

「她心情不好，你別放在心上。」我滿臉歉意的對他說。

「不會，她說的也沒有錯，那確實是她跟葉陽的事情。他們本來就該自己去處理。」他也說道。

我微笑點頭，看向走廊，我擔心有些媽媽認識的老師會特意出現在我們班的走廊，因為最近確實有些老師會過來巡。怕媽媽誤會，於是我對他說：「那我先回座位了。」

「模擬考加油。」他明白我的顧慮，於是體貼的微笑說道。

「你也是。」我也笑著說。

現在每天的生活規律就是，回到家之後，洗好澡然後吃飯，便開始在監視器的鏡頭之下，努力讀書。這一次的成績對我而言非常重要，攸關於媽媽對我的信任。

我坐直了身子，之後看向旁邊的巧克力，那是柯向禹今天給我的。

我一直像寶貝一樣珍惜著，到現在還是捨不得吃掉。

不過如果都不吃，壞掉了可就可惜他的心意了。

想了想我還是慢慢拆開包裝，吃下去的第一口，巧克力的香甜傳遞到舌尖，我端起微笑，我跟他的回憶也像是巧克力般如此的甜。

此刻瞬間有了點動力，我一邊吃著巧克力，一邊拿出筆整理出重點。

前方的道路依舊是未知，十八歲之後的人生我也很迷惘。

但此刻，我不再感受到自己沒有活著的迷惘。

在模擬考結束之後幾天，成績終於出來了。這次的成績進步了許多，我鬆了一口氣，終於對媽媽有比較好交代了。

「妳考的如何？」白苡禾跟唐孟婷靠了過來。

「還可以。」我微笑說道。

在白苡禾跟唐孟婷在討論這一題答案為什麼是這樣的同時，我轉頭看向跟胡甚齊還有陳晉寶以及其他同學一起討論的柯向禹，自從運動會過後，柯向禹在班上也開始跟一些人接觸了起來，讓我感到很開心。

唐孟婷最後先回去了座位，白苡禾離開前冷不防直接說：「我今天早上跟葉陽分手了。」我訝異的看向她，她露出輕鬆的笑容說：「放心，我沒事的。」

「怎麼可能沒事……」我皺眉說。

「我覺得，我跟他比起戀人，其實是更適合當好朋友。這一點，葉陽也認同。」白苡禾微笑說：「放心啦，我是真的沒事了，雖然這陣子還是會有點難過，不過至少，我沒有失去他這個朋友。所以我們說好就退回朋友關係。」

我原本想要安慰她幾句，之後她又說：「但我是真心希望妳跟柯向禹可以好好的。」

6. 柯向禹

放學時我跟葉陽走進一間麵館，葉陽的臉色黯淡無光，想必跟白苡禾還沒有和好。

「白苡禾還是不理你？」

「今天早上分手了。」葉陽沉思了一下，之後說：「其實，我對白苡禾是真的有好感的，跟她聊天我很愉快。她是少數可以讓我暢所欲言的對象。」

之後他又說：「不過，我們都覺得還是當朋友比較自在。最後決定回到這個關係。說實在的，我不想失去她這個朋友。」

原先要開口說話的我突然感到喉嚨一陣不適，於是走到旁邊咳嗽了起來。

「你怎麼了？」葉陽問。

「從下午之後我的喉嚨有點怪怪的，頭也有點痛。不過我還撐的住。」

「所以你才戴口罩？」

我聞言點頭。

近日早晚溫差相當大，我可能因此不慎著涼了

「柯向禹？」

我聞言抬起頭，竟然是薛玉棠的媽媽。

「阿姨好。」不管怎樣，先打招呼就對了。

「嗯。」薛玉棠的媽媽僅淡淡點頭，拿完她的餐點便直接走人。

早就料到薛玉棠的媽媽對我這麼的冷淡，葉陽拍了拍我肩膀，我也只是對他微微搖頭表示沒事。

當我們走出店，卻聽到來自不遠處的尖叫聲。

薛玉棠的媽媽跟一個戴帽子跟戴口罩的中年男人拉扯著掛在她身上的包包，看起來是遇到了搶劫。

「救命啊！」薛玉棠的媽媽喊著，歹徒很快的就搶下了包包跑走。

我見狀趕緊拔腿狂奔，希望能追上那個歹徒。

歹徒回頭看，發現我快追上他，於是他又加快腳步，卻也不小心摔倒了。

我見狀趕緊把他壓制在地，開始搶下他抱在懷裡的包包。

他站起身跟我拉拉扯扯，此刻的我突然覺得頭暈目眩，體溫似乎高了起來，但我咬著牙，不論如何包包都不能被他搶走。

「臭小子，你放手啊你！」歹徒推了我，但我隨即又拉住他。

「欸欸欸，幹什麼？」附近的路人看到不對勁也趕緊上前，歹徒見情況不對，於是把包包丟在地上，趕快跑走。

葉陽隨即跑來扶我站起身，我把手中的包包還給了薛玉棠的媽媽。她一開始微微頓了一下，之後神色複雜的接過：「謝謝你啊。」

我微笑搖頭，隨後感到頭重腳輕，葉陽隨即扶住我。

「向禹，你發燒了！」葉陽摸到我的手臂如此訝異的說道。

7. 薛玉棠

隔天是假日，在家讀書的我，走到客廳時，媽媽冷不防問：「我要去柯向禹他家，妳要不要一起去？」

我訝異的看向她：「為什麼？」

「看妳這表情，是認為我是要去恐嚇他的是不是？」媽媽冷眼看著我：「等等順路去買些水果吧。他昨天幫了我一個忙，現在他生病了，基於答謝，我們該有的禮貌也有做足。也看在妳這次成績不錯，這次我就通融妳去看他吧。」

「向禹生病？還有，媽妳發生了什麼事情？」我微微愣住了。難怪他昨天下午的時候下課時間很常趴在桌上，也帶上了口罩。

原來那時候他就不舒服了嗎？

我心疼的表情完全顯現在臉上，媽媽推了推我的肩，催促著：「要去就快點，妳太慢的話我就要自己去了。」

我聽到立刻以最快的速度收拾好東西，然後跟著媽媽出門。

坐在車上時，我好奇地媽媽：「昨天是發生了什麼事情，妳怎麼都沒有說？」

媽媽聞言沉默了一下，說：「昨天我遇到歹徒，是柯向禹那個孩子去攔下他然後包包順利的搶回來了，不過最後他因為發燒被送去醫院了。所以我今天不論如何也要去他家說一下謝謝。」

我聞言不禁在心中讚嘆著柯向禹的勇敢，也心疼他即便身體已經很不舒服了也要去追歹徒，怎麼不顧自己的安危呢？要是歹徒身上帶刀子，他可就完蛋了呀。

在車上我有些坐立難安，我看向窗外，希望下一秒可以到達他家。

柯向禹的家是三層樓，底下還有種些花草。

媽媽按下了門鈴，沒多久就有人來開門。

應門的是一位長髮女子，看到我們訝異的說：「沒想到妳真的會過來。」

「我是那種冷血的人嗎？」媽媽問。

那名女子先是笑笑，之後看著我，問：「妳就是玉棠？」

我微笑點頭，她之後說出了她的身分：「我是葉陽跟向禹的媽。」

原來她就是扶養柯向禹長大的阿姨。

走進屋子，媽媽在阿姨的帶領下到客廳坐著，見我跟在她旁邊，媽媽說：「妳去看柯向禹吧。記得房間的門不許關上，我隨時都會上去看你們在幹什麼。」

聽到媽媽類似默許我去找柯向禹的話，我當下樂不可支，阿姨笑著說：「向禹房間在二樓，葉陽也在那。」

確定獲得媽媽的同意之後，我便走上了二樓。

上了二樓，有一間的房間門是開著的，葉陽在柯向禹的房間，似乎忙進忙出的。

走近一看，柯向禹躺在床上睡的很沉。

「妳來啦。」葉陽看到我，露出了微笑。

我微笑點頭：「打擾了。」

「怎麼會。」葉陽說：「向禹才剛吃藥，現在應該還沒睡的很沉。」

「他沒事吧？」

「沒事的，早上的時候燒也退了。等等我媽要煮粥給他吃。」葉陽收拾好東西，又說：「好啦，這裡就交給妳了，我先走了。」

我其實原本想問他跟白苡禾的事情，只是白苡禾警告過我不要問。不然我也很想知道，葉陽為什麼會跟白苡禾走向分手。

此刻房間只剩我們兩個人，我走到他床邊蹲下身子，看著他的臉。我的手摸上他的額頭，他眼球微微一動，接著眼皮緩緩的睜開。

正當他的目光對向我的時候，就已經不再動了。

「……玉棠？」

「對，是我。」我微笑回應，說：「你有沒有好一點？」

柯向禹坐起身，我趕緊坐在床邊扶著他。

「我是在做夢嗎？」他問。

「沒有，我確實在這。」

「妳怎麼會……」

「昨天的事情，我已經聽媽媽說過了，」我心疼的說：「我媽媽為了答謝你有送了一些水果過來，她也同意我上來看你。不用擔心，我們沒有破壞跟媽媽的約定。」

「可是妳離我太近，妳會被我傳染的。」

「才不會，我身體健康的很，」我說：「我哥生病時也是我在照顧，我也沒有被他傳染呀，代表我抵抗力很好！」

柯向禹聞言莞爾。不過下一秒他抿唇，不知道在猶豫什麼。我把他的頭靠向我的肩膀。

「我說過，累了的話，我的肩膀可以給你靠。」我笑著說。

「對不起，玉棠。」他微微低啞了嗓子：「雖然我跟妳媽媽說過盡量不會跟妳有太多的接觸，但下一秒我立刻就後悔了，我時時刻刻都很希望自己可以在妳身邊，可是我必須這樣做，這樣妳媽媽才不會繼續逼妳。像是現在，妳就在我身邊，但我還是想自私一回……想好好的像這樣跟妳相處，這樣的我會不會太過份？」

人家說生病時是人最脆弱的一面，當柯向禹用壓抑的聲音告訴我他這陣子的心情時，我也忍不住紅了眼眶。

我輕輕拍了拍他的肩膀，現在的他身子如此的虛弱，他這陣子承受的，原來比我想像中的還要沉重許多。

「怎麼會呢？」我閉上眼睛微笑說：「就算我們不能有太多的接觸，但我們也是依舊明白對方的心意，這樣就夠了。」

「妳說妳媽媽也有來是吧？」柯向禹抬起頭，之後作勢要下床：「我該去打個招呼。」

我見狀趕緊阻止：「你現在身子這樣怎麼行？」

他微笑看著我，說：「其實我已經好很多了。而且昨天其實是妳媽媽載我去醫院，也順道再載我跟葉陽回來，我昨天都沒有什麼機會可以好好的跟她道謝。」

我又是愣了，這件事情媽媽剛才都沒有跟我說，她只說柯向禹最後被送到醫院去。

再想起今天媽媽提到柯向禹時，她的神情也緩和許多，不像之前提到他就對我發脾氣的可怕神情。

這是不是代表，媽媽已經對柯向禹的印象逐漸有所改變？

如果真的是，那就太好了。

我跟柯向禹一起下樓，坐在客廳的媽媽還有阿姨原本有說有笑的在聊天，此刻不約而同的看向我們。

「向禹，你不是還很不舒服嗎？怎麼不躺在床上繼續休息？」阿姨擔心的說，而媽媽也是一直看著柯向禹，眼底閃過不明顯的擔憂。葉陽此刻也從廚房走出來。

「阿姨，我現在已經好很多了。」柯向禹如此說道。

「阿姨，也謝謝妳。」柯向禹對著媽媽微微鞠躬，說：「謝謝妳昨天載我去醫院。」

媽媽微微愣了一下，說：「沒事的。你健康才是最重要的，可別讓你阿姨太過擔心才是你最該做的。」

雖然柯向禹戴著口罩，但看著他的眼角，我知道他在笑。

「薛太太，妳其實是一個很有想法的女性。」離去前，阿姨突然這樣對媽媽說話：「但有時候，為自己而活其實也很重要。」

媽媽僅微笑，之後說：「水果記得吃啊。」

柯向禹跟葉陽站在門口，我微笑的向他們揮手，他們見狀也跟著揮手。

即使來的時間不長，能看到柯向禹的狀況我就滿足了。

阿姨跟葉陽沒多久就進了屋內，只有柯向禹還一直站在原地看著我們。

「對了，手機我會還給妳，讓妳帶去學校。」媽媽說：「只是在家裡，妳的手機只能玩一個小時，一個小時之後就要拿來給我。超過時間我就像之前那樣直接沒收妳的手機，不給妳使用。還有，我雖然對柯向禹稍微改觀了些，但不代表我同意你們在一起。」

媽媽這樣說無疑跟特赦令差不多，我頓時得到了一些解放，於是我點頭：「我知道了！謝謝媽！」

在媽媽的車子發動前，我對著柯向禹揮手，我相信他看的到。

果不其然，柯向禹也舉起手，微笑的向我揮別。

8. 柯向禹

「你這首曲子名字叫什麼名字？滿好聽的呢。」

當我在教堂裡彈著鋼琴時，有一個穿著大衣的中年男子如此問道。

我微微一愣，發現他是在跟我說話，於是我略為難為情的回答：「這其實是我自己編的。」

「哦？」那名男子看起來也不像是壞人，相反的，他全身上下給人一種特別的氣質。

「還不錯。」他又說：「你幾歲？」

「十八。」

「高三生？」

「你將來要讀音樂學校嗎？」

「對。」

如此直接犀利的問題使我頓了一下。

「……對。」但我還是坦承了：「我正在準備音樂大學的考試。」

「不錯啊，年輕人。」中年男子笑著說：「期待你來考術科的那一天。」

在他離開之前，我還一頭霧水的坐在原地。

自從那一天過後，薛玉棠的媽媽就不怎麼強硬阻止薛玉棠跟我走太近。雖然我們還是沒有得到她的同意，但是至少，我跟薛玉棠在學校可以說上幾句話。

為了約定，我們也沒有太多的親密互動。

我跟薛玉棠站在走廊上吹風，因為學校有幾個老師跟薛玉棠的媽媽認識，為了避嫌，我們之間還隔了半公尺。

但這樣我就覺得足夠了。

「所以那個大叔之後就沒有來過了嗎？」薛玉棠好奇問道。

「沒有了，之後每天去教堂都沒有看過他，」我說：「不過話說回來，那一次也是我第一次遇到他。之前我從來都沒有見過這個人。」

「不過，聽你這樣說，表示那個人很肯定你的實力。」薛玉棠微笑說：「加油。」

我原本想要抬起手，摸著她的頭，但是最後，我還是沒有伸出去。

薛玉棠見狀，微笑說：「欸，還記得我們第一次是用什麼方式牽手的嗎？」

運動會那天在圖書館裡，薛玉棠用她的食指勾上我的，那個觸感，我依舊還記得。

「當然。」我莞爾。

我最後牽著她的手，之後也隨即伸出食指勾住了對方的食指。

我們看著對方露出笑容，她的微笑是我看過最美的。

「向禹。」

「嗯？」

「下個月學測，希望我們可以達到夢想。」薛玉棠深呼吸，之後說：「如果我學測考的好，無論如何我都想為自己的人生再賭一次。」

我誠摯的說：「薛玉棠一定可以的。」

「柯向禹也一定可以的。」她感動的說。

「柯向禹。」下午的時候，班導突然在走廊上叫住我。

「老師。」我微微鞠躬。

「那個，你音樂考試準備的怎樣？」

「還可以。」

「你要準備學測，也要準備音樂考試，辛苦啦。前陣子不是生病嗎？有沒有好一點？」

「謝謝老師，我現在已經康復了。」我笑著說。
「加油，學測快到了。」班導微笑說：「你算是我學生裡頭最特別的一個。」
「你也是我遇過老師裡最特別的一個。」我也微笑說道。
「唉唷，柯向禹會開玩笑啦。」班導笑著拍我的肩膀，但之後又問：「你跟玉棠還可以嗎？」
「嗯，我們很好。」我說：「都在為自己的未來努力著。」
「啊，這樣很好。雖然你們還小，但你們也是很珍惜對方的。」班導說：「之前說的蝴蝶為花醉這個詞啊，現在看到導師室前面的花跟蝴蝶，都會不由自主的想到你們。」
我看向在教室裡跟白苡禾聊天的薛玉棠，她這時也看了過來，給了我一個微笑。

9. 薛玉棠

在學測前一天，我時時刻刻都坐在書桌前苦讀。
不過這時胃突然感到微微的抽痛，同時水壺也沒有水了，於是我站起身走出房間去客廳裝水。走到客廳時，媽媽在客廳用筆電，她看到我，順口說：「玉棠啊，可不可以麻煩妳去媽媽房間拿個文件，是粉紅色資料夾的。媽媽現在在打資料走不開。」
「好啊。」我如此應答，拿著裝好的水壺走到媽媽房間。
媽媽的書桌如此凌亂，雖然找到了她說的粉紅色資料夾，但是我還是幫她整理好桌上的資料。

整理好之後，我看了看媽媽的房間，電視機旁還擺放著全家福，不過那已經是我國小的時候了。

我跟哥哥站在前面開心的笑著，而爸爸媽媽各自站在我們身後，他們之間還有點距離，似乎特意離對方遠一點似的。

以前的我完全沒有發現，現在的我就察覺到當時爸媽的變化了。

我還瞥見電視機後頭有個牛皮紙袋，裡頭的紙也露了一角，上頭兩個字讓我的心臟差點停止跳動。

「離婚協議書」

看到離婚協議書的日期，我頓時人生感到一陣絕望。

回到房間之後，我呆坐在書桌前，腦海中都是那張離婚協議書。

讓我訝異的是不是爸媽離婚，而是他們在我六歲的時候，早已簽字離婚。

我還看到了一張切結書，上面的內容是等到我滿十八歲，爸媽就真的沒有任何關係了。

我用雙手支撐著額頭，他們在很早之前就簽字了，那這些年在我跟哥哥面前全是演戲嗎？

哥哥知道這件事情嗎？

胃這時傳來劇烈的疼痛，使我忍不住叫了出來，從以前到現在，我的胃沒有那麼的痛過，彷彿像是被撕裂般如此難受。

對了，吃藥，吃藥應該就和緩了。

我拉開抽屜拿出藥罐握在手中，但是實在是痛到沒有任何力氣，手中的藥罐甚至因為才剛轉開蓋子就這樣掉在地上而散落一地。

我艱難地站起身，但在站起來的那一刻感到一陣天旋地轉，我立刻癱倒在地上。

看著眼前的藥丸，我卻再也沒有力氣伸手去拿離我最近的一顆。

意識越來越模糊，我這樣還有機會可以去考試嗎？

我的人生，爸媽的人生，彷彿都是謊言……

眼皮吃力的睜開，天花板上的燈光讓我感到有點刺眼，使的我微微瞇起眼睛。

「玉棠！」媽媽看到我醒來，臉上擔憂的表情立刻轉為歡喜，她的眼睛如此的紅腫，想必是哭了許久。然而爸爸跟哥哥也在旁邊。

「玉棠！」媽媽趕緊來到我旁邊，問：「有沒有好一點？老天，妳真的要嚇死媽媽了，要不是妳哥哥透過客廳的監視器畫面看到妳昏倒，我還真的不知道該怎麼辦啊……」媽媽說完又哭了。一旁的哥哥趕緊安慰著她。

「媽，我沒事啦。不要哭。」我趕緊也跟著安慰。甚至感到有點慚愧，我居然讓那麼多人擔心了。

「玉棠，都是爸爸不好……」爸爸難過的說：「醫生說妳壓力太大造成胃不好。如果妳真的……壓力太大……」爸爸沒有說完，目光一直就看著媽媽。

媽媽抿著唇，不發一語。

看著爸爸、媽媽還有哥哥痛苦的樣子，我看著天花板，該思索要如何面對接下來的問題。既然知道了一切真相，我再也無法視若無睹。

「爸，媽。」我鼻子微微酸了起來：「你們……可以真心的回答我一個問題嗎？」

「什麼問題，妳問。」爸爸溫柔的說。

「你們，快樂嗎？」我一字一句慢慢的說出來，只見爸媽聽到這個問題時，都不約而同的看向對方。

「……我已經知道你們早就離婚了。」我說：「所以這些年來，你們都是為了讓我可以在有個完整的家成長，才會勉強的跟對方生活，甚至到最後受不了就分居了，對吧？」

「玉棠……」哥哥的神情複雜，此刻我也明白他早就知道了。

為了不讓我難過，所以索性這樣子過生活，而且一過就超過了十年。

「爸，媽。」猶豫了一陣子，最後我哽咽的說：「你們，就放對方自由吧。我希望你們快樂，以前我是希望你們可以在一起，但是現在，我希望你們是快樂的。就算你們分開了，你們一樣還是我的爸媽，我對你們的愛也都不會變。」

哥哥跟爸爸離開之後，媽媽又顧了我一會兒，眼看晚餐時間快到了，她如此問道：「妳有要吃什麼嗎？我去幫妳買回來吧。」

「都可以。」我簡短回應。於是我又叫住她：「媽。」

「怎麼了？哪裡不舒服嗎？」

我搖頭，說：「對不起。讓妳擔心了。」

「說什麼呢，身體養好就好了。」

「還有，我沒能去考學測。讓妳的期待落空了。」

媽媽聞言，之後坐在床邊，她紅了眼眶，說：「玉棠啊。其實在妳被送到醫院的時候，我想了很多。如果妳真的出了什麼事情，我一定會非常的痛苦。」

「也在這個期間，我才明白柯向禹他阿姨曾經對我說過的話，沒有什麼事情，是比孩子的快樂還重要。該說對不起的是我，這些年來，為了自己不服輸的個性，死都要把妳爸綁在這個家庭裡，卻忘了妳跟鈺賢的真實感受，鈺賢跟妳不一樣，他什麼事情都放在心裡，也跟我們一樣，選擇對這家庭的變化視若無睹。結果妳的身體狀況也因此這樣變得不好。對不起，我先前還這樣對待妳。」

「媽，我是真的很愛妳，」我也紅了眼眶：「所以才不願意看到妳為了爸把自己壓迫到如此心疼。所以媽，妳跟爸現在可以不用完全顧慮我了，你們想要分開，我也不會有意見。我已經長大了，我知道你們很愛我跟哥，這樣就夠了。我相信一直以來都很堅強的媽媽，一定可以挺過去的。」

媽媽聞言，給了我一個擁抱，用她的手溫柔的拍著我的背，隱約我還聽到了啜泣聲。

一向強勢的媽媽落下了眼淚，我也忍不住鼻酸，他們因為我而勉強在一起，那麼這一次，就讓我來成全他們吧。

沒有什麼比我珍愛的人得到快樂才是最重要的。

雖然難過，但不會難過一輩子的。

「玉棠啊。」媽媽在離開之前，說：「我會……放妳爸自由。至於柯向禹。」媽媽莞爾：「妳如果想要跟他在一起，妳也可以放心的去找他了。」

聞言我訝異的睜大雙眼：「媽……」

「我同意你們在一起了。」媽對我露出有史以來最溫柔的笑顏：「不過你們只能正常的交往，不該越線的時候還是不准越線。知道嗎？」

我開心到眼淚流了下來，欣喜若狂的說：「媽，真的很謝謝妳。」

「他這陣子也有來醫院看妳。對了，關於社工系，妳想讀也去讀吧，現在的我不會阻止妳去做想做的事情。但是妳要保證，妳一旦讀了這個科系，妳就不能後悔了。」

「媽，妳放心。」我堅定的說：「我自己的決定，我一定會努力的。」

「這可是妳說的。」媽媽微笑說道：「好啦，妳在這裡等我，我馬上回來。」

「好。」

媽媽離開之後，我視線瞥向一旁的矮桌，發現上面有一個蝴蝶的髮夾。

這一定是柯向禹送我的禮物。

第七章

1. 柯向禹

學測第一天考完，我走出校門口。葉陽跟白苡禾有說有笑的一起走出來。

「幸好我有昨天讀的今天都有出幾題出來，真是太好了。」白苡禾放心的說道。

「我相信妳可以的。」葉陽也微笑說道。

當他們兩個走到我面前時，他們互看對方一眼，之後白苡禾率先開口：「我們最後決定還是當好朋友。最好的那種。」

葉陽也回答：「是啊。苡禾對我來說，就是一個很重要的朋友。」他說出這句話我都能感受到他的真心。

「對了，你沒有去找玉棠？」白苡禾問。

「中午的時候有，但是沒有看到她。」我說。

其實這次考場安排很不巧的我跟薛玉棠沒有在同一場，她是在另一個校棟，而我、葉陽跟白苡禾則是在同一區。

「真不巧，我去找她的時候也沒有看到。但是今天都沒有看到她的人影也太奇怪了。」白苡禾歪頭說道。

「可能你們就真的沒有遇到她吧。」葉陽說：「明天考完，我們四個一起去看電影吧。向禹，薛媽媽應該會答應的吧？看她上次的樣子，她對你的態度也改變很多了。」

「到時候我再親自去問她媽媽，沒問題的。」我說。

「可以的啦。我相信玉棠她媽媽不會那麼難溝通。」白苙禾說：「終於可以好好玩了！」

「向禹下個月還要去考音樂大學考試呢。」葉陽說。

「這麼快？那你挺忙的欸。」白苙禾面露驚訝。

「我其實一直都有在準備，希望沒問題。」我微笑說。

「一定沒問題的。」葉陽肯定的說。

「我也相信柯向禹可以的。」白苙禾微笑說道。

之後他們兩個要去買東西，於是我就跟他們分開走了。

雖然薛玉棠手機已經拿回來了，不過她還是有被限制時間，所以基本上我們也沒有聊上幾句，加上明天還有一天的考試，她能用手機的機率更小了。

當我經過一家飾品店時，擺在櫥窗的一個蝴蝶髮夾吸引了我的目光，使我站在原地。

「小帥哥，你喜歡這個髮夾嗎？」女店員看到我一直站在外面看著那髮夾，於是走出來問。

「請問，這個多少錢？」我問。

「你要買給誰？」

「女朋友。」我微笑說道。

裝著蝴蝶髮夾的紙袋放在我的書桌前，想到薛玉棠看到那髮夾開心的模樣，我不禁期待明天趕快到來。

學測結束之後，我坐在校門口，卻見白苡禾臉色凝重的走向我。

「怎麼了？」我趕緊站起身，「妳還是沒有遇到玉棠嗎？」

她搖頭，之後眼眶立刻紅了：「不是我們沒有遇到玉棠，剛剛聽東哥說，玉棠昨天就沒有來考學測，她在前天就昏倒在家裡送到醫院急救，到現在都還沒醒來。」

聞言我愣在原地，不敢相信白苡禾此刻說的消息

「怎麼辦……玉棠她努力了這麼久，怎麼這時候倒下了……」白苡禾忍不住哭了起來。

「她在哪間醫院？」我哽咽的問。

「東哥說……好像是在ＸＸ醫院，離這裡沒有很遠。」

我趕緊往醫院方向跑去，不顧白苡禾在我身後的叫喚。

我的親生爸媽離開了，最好的朋友楊勝賢也離開了。

然而薛玉棠，我最喜歡的女生，此刻竟然躺在醫院裡。

現在的我無法再承受失去任何對我而言很重要的人，尤其是為我的人生點亮另一盞燈的女孩……

跑到醫院之後，我剛好遇見薛玉棠的哥哥，我不顧禮儀，趕緊上前拉住他。

見對方錯愕的看過來，我氣喘吁吁的問：「玉棠她……她還好嗎？」

「你是玉棠的男朋友柯向禹？」他問。

「對，拜託你告訴我，她現在怎樣了？」我急得眼淚都快流出來了。

原本以為蝴蝶髮夾可以送出去的，如今她竟然在醫院。

我很怕，很怕這個禮物送不出去……

❦ ❦ ❦

雖然當年的我年紀還小，但是我很清楚的知道，我的爸媽不在了，而我也沒有什麼親戚，最後是由我親生母親生前最好的朋友，也就是葉陽的媽媽收養了我。

「我會代替你的爸媽來好好愛你，讓你快樂的長大。」進到葉陽家第一天，阿姨紅著眼眶對我說道。

然而，她也真的連帶我爸媽來不及給我的愛都給了我。

那一天還下著大雨，我坐在床邊看著雨打在窗戶上的雨滴，葉陽敲了門，探頭進來。

那一天，也算是我跟葉陽第一次互動的時候。

葉陽給我的第一印象，就給太陽一樣，他的微笑都使人感到溫暖，又很開朗。跟我不一樣。

「最近都會下雨呢。」葉陽說。

「對呀。」

葉陽緩步走向我，說：「我叫葉陽，我媽說你是我的弟弟，因為我比你早出生一個月。」

「我知道，阿姨有跟我說過。」我思索了一下，問：「你爸爸呢？」

因為來到這裡，我從來沒有看過葉陽的親生爸爸。

「去年就跟我媽媽離婚了。」葉陽雲淡風輕的說道，但是陽光的笑容從未在他臉上消失。

「抱歉。」

「不用道歉，我本來就有要跟你說。」葉陽坐在我旁邊：「話說回來，我討厭下雨。」

「為什麼？」我訝異的看向他。

「我比較喜歡太陽，跟我一樣。」葉陽笑著說。

然而這一段短短的對話，使我們兩個的距離變得更近。

失去父母的痛，阿姨跟葉陽彌補了我。

楊勝賢的背叛跟離去，除了葉陽一直都在，薛玉棠也在那時候逐漸走入我的生活。也走入了我的心裡。

有薛玉棠在我身邊，就算楊勝賢的離開對我而言還是很難受，但我知道我不是孤獨一個人。

此刻薛玉棠躺在裡面，我站在門口渾身發抖，深怕她真的離開，那我怎麼辦？

「你來了。」薛玉棠的媽媽來到了門口，面無表情的說：「我知道你會來，玉棠已經沒事了，你想去看就去看她吧。」

「阿姨……」

「去吧。」薛玉棠的媽媽微微勾起嘴角。

推開病房的門，薛玉棠閉著雙眼，躺在床上。

她看起來非常的疲勞，這些年來她一直為課業壓力所苦，如今也許可以好好地休息一會兒。

我拿出蝴蝶髮夾，放在旁邊的矮桌上，我相信她會醒來的。

我牽起她的右手，放在我的臉頰旁，經過剛剛的恐懼焦慮，得知薛玉棠已經沒事了之後的放鬆感，不知不覺流下了眼淚。

「幸好妳沒事……」我邊哭邊說：「不然我真的無法想像妳如果真的怎樣了，我該怎麼辦。」

眼前的薛玉棠因為我的眼淚變得模糊不清。

「對不起，沒能在妳身邊……」我哭到說不下去：「不要離開我，拜託……拜託妳醒來……」

過往跟薛玉棠相處的點點滴滴浮現在腦海，從一開始的公車相遇，到最後的相戀。握著她的手、抱著她的身軀，甚至是親吻她的唇，都是我這輩子最幸福的回憶。

不知道坐了多久，也不知道哭了多久，直到薛玉棠的父母來到病房。

「你明天再來吧。」薛玉棠的媽媽疲憊的說：「現在有點晚了，就算你是男孩子，回去還是要小心。」

「玉棠她一定沒事的，她不是個會讓人擔心的孩子。」薛玉棠的爸爸紅著眼眶說：「謝謝你。」

「我明天……還可以來嗎？」我看著薛玉棠的媽媽，小心翼翼的問道。

薛玉棠的媽媽沒有回答，只是微笑點頭。

「趕快回去吧，別讓你阿姨擔心。」

在離開病房之前，我再次回頭看向薛玉棠，再看看放在一旁矮桌的髮夾。

2. 薛玉棠

醫院的空中花園如此的漂亮。

我站在一座小花牆前，看著蝴蝶在花附近飛舞圍繞。還有一座小水池，有幾個小孩還會在那裡餵魚。

我摸了摸被我別在右耳上方的蝴蝶髮夾，之後微微一笑。

雖然錯過了學測，但是我還是可以考指考。即使還要再努力半年，但是我已經不再覺得讀書是一件很有負擔的事情了。

因為媽媽已經同意我未來的選擇。

還有，我也可以光明正大的跟柯向禹在一起了。

這時有人從我身後抱住了我，我微微一愣，偏頭看向後面的人，立刻熱淚盈眶。

「向禹？」

他看著我的目光充滿了溫柔跟不捨，我轉過身擁抱住他。

「對不起，我讓你擔心了。」我哽咽的說。

柯向禹搖頭，但是他抱著我的力道依舊很緊，深怕我離開似的。

我們坐在涼亭內，我率先開口：「真是對不起，我也沒有想到我會發生這種事情，」我抿唇，之後繼續說：「我已經知道我爸媽在很早之前就離婚了。而我也鼓勵我爸媽，不要再顧慮我的想法，想分開就分開。他們過的開心是最重要的。」

柯向禹專注的看著我，我擔憂問：「向禹，我這樣做是對的嗎？我到現在……其實一直都還在懷疑，但是看到媽媽如此釋如重擔的模樣，我又覺得這樣做才是對的。」

「是對的。只要是妳做的決定，我會無條件的說妳是對的。」柯向禹微笑說道。

他這句話就像是定心丸，不再讓我為這個決定感到迷惘。

不過柯向禹一直看著我，看到最後他托著腮依然看著我。

「怎麼了？為什麼要一直看我？」我不好意思的把頭髮撥到後面。

「覺得妳很漂亮。」

「哪有，我現在住院，面容很憔悴的好不好。」我說歸說，但臉頰卻熱了起來。

「不會呀。而且妳又夾上這個髮夾，很適合妳，所以更漂亮。」

「柯向禹，你是不是有吃糖果？」我微微瞇起眼問道。

柯向禹也學我瞇起眼，使我忍不住笑了出來。

「對了，你吃飯了沒？」我問。

「我已經吃了，不用擔心。」

我看著眼前的柯向禹，由衷說道：「向禹。」

他看向我，我露出笑容，說：「謝謝你。」

這句謝謝，包含了太多太多的意義。

但我相信他一定能明白。

🦋 🦋 🦋

今天終於可以出院了，只要不再給自己太大的壓力，基本上我已經沒事了。

除了爸媽跟哥，葉陽跟白苡禾也跟著柯向禹過來了。

「你答應過我，會把玉棠平安送到家，你可要說到做到。」走到大廳的時候，媽媽這樣對柯向禹說。

我的小行李就被哥哥這樣拿走了，柯向禹則是說：「我會的，阿姨放心。」

「玉棠。」爸爸開口：「謝謝妳。」

媽媽跟爸爸相視而笑，這個畫面我已經很久沒有看到了。

我微笑搖頭，之後說：「爸，你要保重。」

先前爸爸問我要不要跟著他生活，我婉拒了。

一直以來家裡也是媽媽努力撐起的。如今我不能丟下她。

但是，我依然會抽空去探望爸爸，這是我對他的承諾。
「知道了。」爸爸微笑說道。
他們離開之後，這時只剩我們四個了。
「玉棠，妳沒事就好。」白苡禾抱著我。
「好啦，既然玉棠沒事了，就把時間還給向禹吧。」葉陽微笑說。
「好，我們先走了。」白苡禾拍著我的肩膀：「我們是來看看妳的狀況啦。今天要接妳出院的人是柯向禹，好好的去約會吧。」
想起之前白苡禾曾經說過學測完她希望我們四個可以一起去約會，如今，這個情況已經不會實現了。
但是——
「雖然我跟葉陽分手了，不過我跟他還是好朋友。」白苡禾看出了我的心思，她微笑說：「四個人一起出去的情況，之後有時間再看看吧。現在妳跟柯向禹更需要去約會。」
「我的想法跟苡禾一樣。」葉陽莞爾：「你們去享受兩人時光吧。」

3. 柯向禹

我帶著薛玉棠來到一家甜點店，我之前上網查過，裡頭的裝潢風格、糕點都是女孩子會喜歡的，也很適合薛玉棠，於是我就決定有一天我一定要帶她來這裡，如今這一天也比我想像中還要來的快。

「柯向禹，我怎麼不知道有這一間？」她訝異的說：「也太漂亮了。」

我微笑不語，之後說：「進去吧。」

我們點了一份水果鬆餅，由於這家的鬆餅很大份，也放上各式各樣的水果，所以稱作為「水果鬆餅」。

也有人稱為「情侶鬆餅」。因為來到這裡的情侶，都會想點這家店的招牌。

當水果鬆餅送上桌，薛玉棠的眼睛睜得非常大，大到我失笑：「這麼驚訝嗎？」

「當然啊，比我想像中的很要豐盛。」她說。

「吃吧。」我拿起湯匙時，薛玉棠用湯匙舀了一塊蘋果，遞到我嘴巴。

「啊。」她張開嘴，意示想要餵我。

我忍不住莞爾，最後也真的照她的指示張開嘴巴，吃著她遞上的蘋果。

「這段時間，我一直在想。」吃到一半時，我說：「我只要在家裡，都在想薛玉棠現在在幹嘛，在讀書呢，還是在看電視。」

「我也是欸。」她聞言也說：「我也在想，柯向禹現在是不是在教堂彈鋼琴，還是在睡覺之類的。」

這段時間，我沒有一刻是不想著妳的。

「向禹。」

「嗯?」

「現在，我們已經不用再顧慮任何人了。」薛玉棠溫聲說：「你說過的，不論是什麼決定，你都會無條件支持我。我想跟你一直在一起，你也會支持我的，對吧?」

由於我們坐的位子是在比較靜謐的角落，能看向我們方向的人並不多。

於是我從原本坐在她對面的位子站起身，改坐在她身旁。

「這是我的回答。」

她還沒回應，我便把自己的唇貼上她的。

嘴唇上還摻留著淋在鬆餅上的蜂蜜，這次的吻也不像是第一次在音樂教室如此般的蜻蜓點水。

我想告訴她，沒有她就不會有現在的我。

這陣子無法跟她在一起的寂寞，此刻就宣洩在這個吻裡。

薛玉棠似乎明白我的意思，她也抬手拉著我的衣襟，用她的唇回應著我的吻。

離開甜點店之後，我問旁邊的薛玉棠：「妳想去哪裡?」

她思索了一陣子，回答：「你在彈鋼琴的那間教堂好了，我很久沒有聽你彈琴了。」

「好啊。那就去吧。」我微笑應允。

帶著薛玉棠走上教堂二樓時，有一陣悅耳的鋼琴曲子從裡頭傳來。曲風偏向溫柔，像是徜徉在一片海中。

我跟薛玉棠透過窗戶就可以看到裡面，裡頭彈鋼琴的人，就是之前在這裡稱讚我曲子彈的好的那位中年大叔。

「他就是你之前說過的大叔嗎?他鋼琴彈的很好欸。」薛玉棠如此說道。

「是啊，那天確實是遇到他。」我看的目不轉睛，因為他彈鋼琴的功力，根本就是專業級的。

那名男子彈完鋼琴，之後視線不偏不倚的對上站在窗戶旁的我們。

「是你呀？」他微笑站起身。

我跟薛玉棠互看一眼，之後走了進去。

「這幾天都沒有看到你呢。是在準備考試嗎？」他又問。

雖然他第二次主動跟我攀談，但我察覺不到敵意。

「對。」我回答了他剛剛的問題。

「下個月是音樂大學的考試。」他坐在旁邊的長椅上，意味深長的微笑：「加油。」

但他沒再多說什麼，只是微笑，最後離開了二樓。

「向禹啊，考試千萬不要緊張，知道嗎？」轉眼間，音樂大學的考試日期到來，在我出發前，阿姨還拿了香火袋給我。

「我知道。」我微笑接過。

「我對你有信心。」葉陽也拍著我的肩膀：「加油！」

我也微笑回拍葉陽的肩膀，最後準備去搭公車。

由於那所大學離家裡有點距離，需要搭公車去，然而薛玉棠說她想要陪我一起去。

我報考的那所大學樓下剛好有圖書館，薛玉棠說在我考試期間她可以在一邊在那裡讀書一邊等我。

今天的考試一定會很順利。我在心中不斷的鼓勵自己。

於是車子駛了五分鐘之後，我便看到薛玉棠上車。

她上車看到我，便面帶微笑的在我旁邊的位子坐下。

「會緊張嗎？」她問。

「不會。」我搖頭。

她握緊我的手，笑著說：「你看你手都那麼冰，想必還是會緊張吧？加油。我相信你，我相信柯向禹可以的。」

說來奇怪，聽到薛玉棠這樣說，我心中隱藏的不安感，還真的逐漸緩和下來。

不過看著公車上一些站著的人，我忍不住莞爾，薛玉棠見狀好奇地問：「怎麼了？」

「妳不覺得好像回到我們第一次相遇的時候嗎？」我看著眼前一開始在公車上突然向我借錢，一臉不知所云的她。當初覺得她很特別，如今覺得她很可愛。

「哎呀，那時候我覺得很糗！但是也只能拜託你了。誰知道我們之後竟然是同班同學。」薛玉棠笑著說。

我不禁莞爾，握著的手也越來越緊。

來報考的學生比我想像中的還多，我跟薛玉棠從下車到現在手依舊都牽著沒有放開。

「沒想到人那麼多。」薛玉棠說道。

距離考試還有半小時，我們兩個就坐在椅子上看著書。

考試時間快到了，廣播說參加筆試的要先上去二樓，我最後站起身，薛玉棠對我說：「加油喔！」

筆試的題目我多半都有自信，然而隨著時間流逝，也來到了最令人緊張的術科了。

我看著表單上上面的曲名，微微一笑。

「下一位，柯向禹。」

輪到我的時候，我從容不迫的走上台，只是看到眼前的其中一位老師，我不禁微微一愣。

在教堂偶遇兩次的中年大叔，此刻就坐在評審老師的位子。

徐柏森。就是他的名字。

原來他就是評審嗎？

『期待你來考術科的那一天。』

我趕緊回過神來，徐柏森老師也認出我了，他微微一笑，比了請的手勢。

打開琴蓋，琴蓋也倒映出我的臉龐。

寂靜的音樂廳，此刻按下一個琴鍵，聲音便會迴盪整個音樂廳。

我深吸一口氣，腦海中浮現那首因薛玉棠而創作出來的曲目，接著憑著記憶中的回憶跟音符，隨著琴聲流露出來。

這首歌的曲子，我命名為「蝴蝶為花醉」。

4. 薛玉棠

我坐在圖書館裡，看向掛在牆上的時鐘，柯向禹的術科也快考完了。

我搓著雙手，明明不是我要考試，卻也緊張了起來。

好希望柯向禹可以考上啊！想看到他實現夢想啊！我在心中想著。

我的肩膀被人拍了一下，我轉頭過去看，柯向禹的笑容立刻映入眼簾。

「還順利嗎！」我趕緊問。

「還可以。」他微笑說道，之後又說：「對了玉棠，妳還記得我說過我曾經在教堂遇到一個中年男子嗎？」

「你是說我們上次遇到的那一位嗎？」我問。

「對。他好像就是音樂老師。」

我訝異的睜大雙眼，「真的嗎？難怪他一直都有給人非凡的氣質，原來他就是音樂老師啊。」

「不過還是要看成績才知道會不會錄取。」柯向禹說。

「沒關係，你現在暫時解脫了。」我開玩笑說。

其實柯向禹報考的這間音樂大學是在外縣市，光通勤就要花兩個小時，不過這間學校資源一直都很好，畢業後也會有很好的音樂發展。

真的希望，他可以考上。

寒假結束，高三下學期也拉開了序幕。

這學期，也是我讀高中的最後一學期。

我穿上制服走到客廳，媽媽已經出門去了。

寒假期間，我跟媽媽還有哥哥都會一起出去吃飯，這些年跟媽媽疏遠的距離，也努力的一點一滴彌補回來。

媽媽是大學教授，開學時是她最忙的時刻。今天早上她很早就出門去了。

我走出家門，看到了一個久違的畫面。

柯向禹站在我家門口，腳踏車還停在旁邊。

「早安。」他微笑說道。

「早。你什麼時後在這裡的啊？」

「十分鐘前吧。」

我微笑的坐上後座，久違的位子，久違的習慣。

柯向禹騎著腳踏車前進，我把頭靠在他的背上，微笑的看著眼前流逝的風景。

等柯向禹停好腳踏車之後，我們便手牽著手進校園。

我也在這時候發現，隨著時間流逝，高中畢業之後，如此青澀單純的時光就不會再有了。

我看著旁邊的柯向禹，人家說過高中時期遇到的對象，往往都是最難忘的，這句話果然沒錯。畢業之後，我跟柯向禹就在不同的地方，相聚的時間也會變少。

柯向禹發現了我的沉默，他出聲問：「怎麼了？」

我抬眸笑著說：「沒事。我在想事情。」

他聞言原本還想說什麼，這時後面有一陣腳步聲，白苡禾開心的從後面跑來，喜孜孜的說：「我看到了！你們竟然在開學第一天就在放閃！」

我跟柯向禹聞言趕緊鬆開手，之後看著對方笑了出來。

「害羞什麼？牽手又不是壞事。」葉陽從柯向禹另一邊突然冒出來。

「我跟葉陽相約去吃早餐，結果來學校就看到你們手牽著手。」白苡禾笑著說：「真是幸福啊。」

我特別留意她的表情，我發現她已經沒有像之前那麼難過了，反而是真心為我們感到開心。

如今看她跟葉陽的互動，確實比在交往的時候更快樂。

透過葉陽對白苡禾的態度，他確實把她當成是很重要的朋友。

我跟柯向禹互看一眼，最後同時笑了出來。

我們四個一起走進校園裡，我看向湛藍的天空，覺得一切如此的美好。

第八章

1.柯向禹

時光飛逝，轉眼間，大家一開始準備大學的備審資料，接著去面試，然而最近正是放榜的階段。

葉陽前陣子時常跑去他填選的大學面試，前陣子受到簡訊，紛紛都是以正取前三名錄取，如今他現在在煩惱他自己要去哪一間。

「都是自己想去讀的學校，如今這樣好苦惱啊。」假日在家，葉陽趴在桌上說道。

「慢慢想吧，反正還有時間給你思考。」我笑著說。

「白苡禾已經有學校了，她還笑我三心二意。」

我聞言笑了出來。

「向禹啊，都已經要五月了，音樂大學那邊都還沒通知你結果嗎？」葉陽問道。

「還沒呢。再過一陣子吧。」

「如果你沒錄取，我打算要去丟雞蛋抗議了。」葉陽揮揮手說道。

「厲害的人那麼多，只能順其自然了。」我說。

「你沒有上其他人也不奢望會上了。」葉陽則是托著腮說。

「這句話對其他人來說好像有點欠揍欸。」我笑著調侃。

葉陽笑笑，之後說：「向禹啊。我們相處的時間沒有很多了。」

我聞言一愣，不過葉陽說的也沒有錯。因為葉陽去面試的學校，多半都在南部，離家近的大學他也不是沒有考慮過，只是阿姨認為葉陽就該去他想去的地方，孩子總會大，不可能一輩子都跟著媽媽。而我若是考上了音樂大學，也就必須離開家北上。

「沒想到朝夕相處的我們，既然也會有分開的一天。」我苦笑。

「十八歲是一個特別的起點，也是一個階段。」葉陽笑著說：「我們就認真的往自己想去的路上前進吧。」

我微笑點頭。之後葉陽看向時間，問：「你不是跟薛玉棠有約嗎？可別讓她等太久啊。」

「喔對，聊太久了。」我趕緊起身：「先走了。」

「路上小心啊。」

今天是薛玉棠的生日，中午她跟家人一起慶祝生日。於是我跟她就約在下午慶祝。

我看著手中的禮物，這個禮物對我，還有對她而言，別具意義。

來到了河岸邊，薛玉棠已經坐在草皮上，看著河岸。

我微笑的走到她身旁，她抬眸對我展開笑顏，之後也拍了拍她身邊的座位，示意我坐下。

「中午過得開心嗎？」我問。

「嗯。」她微笑說：「爸跟媽的互動也融洽許多，雖然他們不適合當夫妻，但也很適合當朋友。」

突然間，我又想起了葉陽跟白苡禾。

「玉棠，妳有想過要去哪間大學嗎？」我又問。

「有。北部有幾間大學的社工系資源很充沛，我有很大的興趣想進去那所學校。」她點頭說道。

「薛玉棠可以的。」我微笑說完，便在草皮上躺了下來。

薛玉棠見狀也跟著我躺下，看著天空中有幾隻蝴蝶飛過，我忍不住莞爾。

這時手機突然震動了起來，我坐起身拿出手機。

「柯向禹同學，恭喜你錄取本校ＸＸ音樂大學。請在下個月前完成線上新生基本資料」

我拿著手機坐在原地發愣了許久。直到薛玉棠覺得疑惑而坐起身。看到我手機的簡訊時，她訝異的摀住嘴巴，高興的說：「向禹，你考上了。你真的考上了！」

我的眼淚這時也落了下來，張開了顫抖的唇：「……玉棠，我真的辦到了。」

薛玉棠也高興到眼眶泛淚，她用力點頭，我們立刻抱在一起喜極而泣。

「我就知道柯向禹一定辦的到！」薛玉棠邊哭邊說。

「謝謝妳，玉棠。」我也哭著說。

情緒冷靜不少之後，我吸了吸鼻子，不好意思的說：「今天明明是妳生日，我們卻哭成這樣。」

薛玉棠笑了出來，說：「哪有什麼關係，這是好事情啊。」

我微笑的拿出我要送給她的生日禮物，她好奇接過。

「打開看看。」我說。

她聞言照著我的話打開禮物盒，禮物盒大概只有手掌大小，然後一打開，一個戒指就躺在裡面。

「這……」她訝異的看向我。

我微笑從口袋拿出跟她一模一樣的戒指，接著套在無名指上。

「這是對戒。雖然是在夜市買的，沒有說到很貴重。」我抿唇，之後又說：「但這代表我對妳的心意。薛玉棠，十八歲生日快樂。這輩子，我只想跟妳在一起。」

這句類似求婚的宣言，使薛玉棠眼眶泛紅，也微笑的把戒指套在她的無名指上，之後也把她的手指秀給我看。

我們的戒指在夕陽的照射之下，顯得特別閃亮。

幸好，我的人生有妳的出現，我才知道自己的價值跟意義。

也許我們還不知道愛是什麼。

但此刻知道自己珍視、珍愛的人在身旁就足夠。

幾天之後，輔導老師來到班上找我。

我抱著好奇的心跟著她來到輔導室，結果卻看到了徐柏森老師。

「老師好。」我先打聲招呼。

「你好。柯向禹同學。」徐柏森老師微笑說道。

「柯同學，先跟你介紹一下。」輔導老師親切的說：「徐柏森老師是著名的鋼琴作曲家兼鋼琴老師。他目前也在音樂大學擔任教授喔。每年也都會帶學生去國外比賽，都得到亮眼的成績。」

我聞言不禁愣在原地，原來徐柏森老師的來歷竟然那麼厲害。

「沒錯，」徐柏森老師微笑說：「我每年都在找很有潛力的學生，想要親自培養他們的潛能跟能力，那一次，在因緣際會之下，我在教堂看過你幾次彈琴的樣子，也被你的琴聲深深吸引。那一次看到你來考試，我心裡很驚喜，其他老師也認同你的實力，所以你錄取當之無愧。」

我聞言感到有點承受不起，於是趕緊謙虛說：「老師，您太過稱讚了。我沒那麼優秀。」

徐柏森老師微笑說：「我跟學校談過了，現在則是看你的意願。」

我好奇地看著徐柏森老師，他說：「我想好好地栽培你的才能。想收你當我的學生。你自備自創的能力，將來不可小覷。」

「能被徐柏森老師看中的學生很少，那就代表柯同學真的很厲害。」輔導老師笑著說，她的眼底充滿了欣慰。

然而，因為要培養能力，徐柏森老師希望我兩個禮拜後就直接北上到音樂大學進修，算是提前入學。

學校表示會貼個榜單，恭賀三聖高中出了一個進入音樂大學，還被知名鋼琴作曲家看中。

如此的榮耀是我始料未及的。只是這樣，我就必須提早離開，無法在這裡待到畢業。想了想還真的有點不捨。

「向禹！」走到教室門口，薛玉棠站在走廊等我。

我微笑走向她，陪她看著下方的校園。

葉陽跟白苡禾沒多久也出現了。

「剛剛輔導老師找你是發生了什麼事情嗎？」薛玉棠好奇的問。

我猶豫的看著她，還有葉陽跟白苡禾，思索該怎麼開口。

被有名的老師看上是一件很開心的事情，但想到可能要提前離開這所學校、離開家裡、離開他們去北上，我的心情不禁複雜了起來。

「向禹，怎麼了？」葉陽也發現不對勁了。

「還好嗎？有事情說出來啊，我們可以一起討論。」白苡禾也這樣說。

「向禹……」薛玉棠輕輕地拉了我的袖子，看著她擔心的臉龐，最後我還是說出了剛剛在輔導室的情況。

聽完來龍去脈之後，大家便沉默了一會兒，臉色出現遲疑。

「被老師看上是好事。這不是每一次都會有的。」白苡禾之後看向薛玉棠，支支吾吾的說：「可是這樣的話，就代表你跟玉棠其實沒有很多時間可以相處了。」

「我相信我媽會支持你的。」葉陽也面露不捨。

「向禹。」薛玉棠抬起頭，微微勾起嘴角：「你就去實現你的夢想，畢竟你為此努力了很久。只要是你決定的事情，我都會無條件支持。這是你對我說過的話，也是我要對你說的話。」

我不捨的看著薛玉棠逐漸泛紅的眼眶，我緊緊抱住了她。

當天晚上，我依然坐在家門口的長椅上，然而沒多久，葉陽就在我身旁坐了下來。

稍早也有跟阿姨談過這件事情，阿姨雖然不捨，但還是很希望我去。

「放不下薛玉棠對吧。」葉陽說。

我微微勾起嘴角。

「依薛玉棠的個性，你如果為了她放棄這麼好的機會，她一定會很生氣。」葉陽凝視著我：「就算再怎麼的捨不得，也只是一個過程，你們也不是永遠分開。你可以當作在下一次的見面時，你跟她都會變成更好的人。」

「蝴蝶之所以能這麼漂亮，不也是蛻變來的嗎？」葉陽最後莞爾的說出這句話。

「葉陽，其實我一直都沒有跟你說一件事情。」我說。

「嗯？」

「你不是問過我，為什麼要把楊勝賢當成是我最好的朋友？明明他都這樣傷害我，你依舊不懂？」

「向禹……」

「因為他以前曾經替我擋過歹徒的攻擊。那一次，我回到家不是相當狼狽嗎？為了不讓你跟阿姨擔心，我只有說那次遇到了歹徒。」

葉陽思索了一陣，之後說：「……好像有那麼一回事。」

「就是那件事情，楊勝賢還帶傷回家，隔天遇到你還有問他，他只說是意外。」我說：「那其實不是意外，那是他替我受的。所以之後即便他在學校偷竊、打架，我都會替他扛著。」

葉陽愣了許久，之後嘆了一口氣：「原來就是這樣的經過嗎。」

「抱歉，一直都沒有跟你說。」我低頭看著自己的鞋子。

「沒差了啦。如果我還繼續跟他計較下去，我還對的起你嗎？」葉陽苦笑：「我能理解你當初為什麼沒有跟我說。只是為什麼現在你反而說出來了？」

「就覺得說出來好像也沒什麼了。」我微微笑著。

葉陽訕笑，之後走進屋子，再次走出來時手上卻多了零食。

「聊天聊到餓了。來吃點宵夜吧。」葉陽笑著說：「畢竟時間也不多了。」

他雖然是笑著的，但眼裡的不捨一覽無遺。

「別這樣啊，不然我走不開。」我故作輕鬆的說。

葉陽明白我話中的意思，於是他說：「我就護你這個弟弟護習慣了嘛。」

我聞言笑了出來，現在的我，想要好好珍惜跟他們相處的時光。

2. 薛玉棠

「玉棠，怎麼了？」

晚上吃飯的時候，媽媽突然這樣問我。

「嗯，沒有啊？」我微笑的多扒了幾口飯。

「跟柯向禹吵架嗎？」她冷不防問。

這時只有我們母女倆，而且現在媽媽也會主動問起柯向禹的事情，也知道他考上了音樂大學。

我搖頭，說：「媽，向禹他被一個知名的鋼琴作曲家看中，想要收他當學徒。」

「那不錯啊。」

「只是……這樣的話他下下禮拜就要離開了。無法跟我們一起畢業。」講到這裡，不捨的心情又再度湧現，也忍不住哽咽：「我很高興他可以實現夢想，我也知道我不能這麼自私……」

「玉棠，」媽媽突然開口：「十八歲的你們，未來會怎樣不知道。最可貴的無疑是即便你們現在分開，重逢時對對方的感情還跟當初一樣。那麼，你們這段感情就是最珍貴的關係了。」

我擦掉眼淚，之後明白的點頭，說：「我想，向禹他一定也猶豫了很久。」

「愛一個人，本來就不是要時常在一起。」媽媽微笑說：「我相信他這時候最需要的，就是妳的鼓勵。」

「媽。謝謝妳。我知道我下一步該怎麼做了。」我含淚說道。

在房間裡，我跟柯向禹通著電話，從一開始的日常，聊到這個部分。

「向禹。」這時候的我必須打起精神，也要給他支持，我這時該做的，就是推他一把。

「嗯？」他溫柔的嗓音迴盪在我耳畔。

「我們從現在開始，就好好把握我們有的時間，」我微笑說：「所以到你離開的那一天，我們說好都不能哭。」

柯向禹沉默了一會兒，之後說：「謝謝妳，玉棠。」

「向禹。」我的鼻頭不禁酸了起來。

「怎麼了？」

「辛苦了。我愛你。」

才十八歲的我，也許說愛太過深奧。

但我清楚知道，現在的我心裡只有他。

我也希望，他未來可以非常的快樂。

我相信我們會再次牽起對方的手，在這之前，我們都要為現在的目標努力著。

即便你不在我身邊，但知道你在這個世界的某一處，我都覺得很幸福。

「我也愛妳。」他的語氣雖然不穩，但我知道他是笑著說出這句話的。我微笑看著套在無名指上的戒指。

「玉棠。」

說道。

「嗯？」

「就算我們在各自的地方生活著，但也不代表我們之間會有所改變。」

「對。我們不只要為未來努力，也要對自己有信心。」我擦拭從眼角滑落下來的淚，如此

在睡覺之前，柯向禹傳了一個錄音檔給我。

檔案的名稱是蝴蝶為花醉。

我點開檔案，裡頭傳來的鋼琴曲瞬間讓我感到很強烈的熟悉感。

這不就是柯向禹的自創曲嗎？

我閉上眼睛，把手機放在耳朵旁。聽著這柔美的曲調。原先不安、不捨的心情，也在這曲子中找到了安定。

3. 柯向禹

到了我離開的前一天，班上的同學，以及班導都在教室為了我辦歡送會。

原因是這樣的，今天體育課結束之後是班導的課。薛玉棠說要去廁所，叫我先走。我不疑有他，於是就真的自己走回教室。

來到教室，發現教室沒有任何人。而且電燈還是關著的。

我不以為意，直接按下電源，電燈一打開，眼前的光景使我愣在原地。

胡甚齊、陳晉寶還有魏青茹以及一些同學都站在台上，黑板寫著大大的七個字：「**一路順風！柯向禹。**」

我訝異的睜大雙眼，鍾恆意外的站在我身旁，雖然他面無表情，不過他說：「恭喜你。加油。」

說完他便直接走到後面，然而班導跟其他同學帶著拉炮走進教室，班導笑著說：「向禹，這是我們班上要送你的禮物。謝謝你來到我們班上。恭喜你找到自己的價值。」

我感動的笑了出來，看著班上的同學，我真的沒有想到會有這一天。

差點忘了說，在陳晉寶的努力之下，魏青茹終於答應跟他交往，陳晉寶樂不可支，在這學期開學第一天就一直說是我的功勞。他說是我鼓勵他去追愛讓他有勇氣。我們也因此成為了好朋友。

雖然跟大家沒有相處的很久，但是這段期間是我最快樂的時候。

「柯向禹，還有驚喜喔！」白苡禾面露微笑的出現在後面。我轉頭一望，薛玉棠捧著蛋糕，微笑朝我走來。

薛玉棠走到我面前，微笑的看著我，說：「這是我為你準備的驚喜。」

班上同學開心的拉著拉炮，彩帶散落一地。

我微笑的接下蛋糕，感動的說：「謝謝你們。」

我永遠不會忘記在三聖高中最後的回憶。

我看向班導，謝謝他鼓勵我去參加當初的校慶才藝表演，如果沒有去參加，現在的我還是在逃避。

「老師，謝謝你。」我微笑說。

班導聞言，僅是微笑，最後比了加油的手勢。

🦋 🦋 🦋

「沒想到向禹這麼快就長大了，我真的好捨不得啊。」隔天到了車站，阿姨頻頻拭淚。

「阿姨，別哭了，」我失笑為她擦拭眼淚：「再哭下去就不漂亮了。」

「油腔滑調，跟葉陽一樣。」阿姨破涕為笑，但之後不忘叮嚀：「對了向禹，到了那裡一定要打電話給我喔！」

「會的。」我肯定的說。

阿姨最後還是紅了眼眶，最後抱著我拍了拍我的背，說：「你爸媽一定由衷的為你高興，因為他們有這麼優秀的兒子。」

我跟葉陽見狀相視而笑。

白苡禾跟薛玉棠沒多久也來了。我們五個一邊聊天一邊等著還有二十分鐘才會到的火車。

隨著時間流逝，我能跟他們相處的時間也逐漸縮短。

「玉棠，」我喚了坐在我旁邊的她：「指考加油。」

「我會的。你也要加油喔！你傳給我的那首曲子。我每天都有聽。」她微笑說道。

我微笑摸著她的頭髮，看著她頭上的蝴蝶髮夾，我不禁也摸了上去。

火車駛來我們面前，我壓抑著波濤洶湧的情緒，該來的還是會來。

我拿著行李站起身，此刻氣氛如此沉默，深怕有人一開口，會打破這樣的寧靜。

「保重。」我微笑的向他們道別。

此刻薛玉棠的眼淚像是潰堤了般，她上前抱住了我，而這一抱，也使我的淚水再也無法忍住，也跟著流了出來，也不禁回抱住她。

我們根本忍不住。

我們在離別之前，還是捨不得的。

不過……

「我們並不是真正的分開。」我在她耳邊低聲說道：「是為了未來的再次重逢，成為對方更耀眼美好的存在。」

（全文完）

後記

大家好~我是蒔，又見面啦~~這本是以雙視角的寫法來呈現整個故事。如題，這本書的重點就是十八歲時所面臨到的選擇，也就是為自己的未來做決定的里程碑。

每個人在青春期都有煩惱，都在摸索未來該往何處。有些父母會替孩子決定未來，孩子因此失去了選擇的權利，故事中的薛玉棠就是這樣的例子。

強勢的母親、高學歷家庭，在耳濡目染之下，她一開始也以最高學府為目標，但是看到大家都有自己的人生志願，她開始迷惘，最高學府是她想要的，還是家人想要的？

男主角柯向禹溫和的性格下，暗藏許多故事；薛玉棠的完美其實背負著母親的高度期望。這兩個人相遇之後，逐漸有情感開始萌芽，懂得珍惜、懂得為自己爭取。

然後，以下有雷XD算是故事中一個未解開的謎，還沒看完的讀者先翻回去別再看下去啦!!

葉陽喜歡的人其實就是向禹，所以才會說這輩子喜歡的是不能喜歡的人，於是他只能用哥哥的身份祝福他，然而白苡禾有看出葉陽的祕密，但也選擇不說出口。

有些祕密之所以為祕密，是因為說出口，可能會造成無法挽回的矛盾。（不曉得有沒有讀者猜出來）希望玉棠跟向禹的故事，能讓你們感到美好~我們下次見！

要青春105　PG2858

要有光
FIAT LUX

蝴蝶為花醉

作　　者　　蒔
責任編輯　　石書豪
圖文排版　　黃莉珊
封面設計　　王嵩賀

出版策劃　　要有光
發 行 人　　宋政坤
法律顧問　　毛國樑　律師
印製發行　　秀威資訊科技股份有限公司
114台北市內湖區瑞光路76巷65號1樓
電話：+886-2-2796-3638　傳真：+886-2-2796-1377
http://www.showwe.com.tw
劃撥帳號　　19563868　戶名：秀威資訊科技股份有限公司
讀者服務信箱：service@showwe.com.tw
展售門市　　國家書店（松江門市）
104台北市中山區松江路209號1樓
電話：+886-2-2518-0207　傳真：+886-2-2518-0778
網路訂購　　秀威網路書店：https://store.showwe.tw
國家網路書店：https://www.govbooks.com.tw
總 經 銷　　聯合發行股份有限公司
231新北市新店區寶橋路235巷6弄6號4F
電話：+886-2-2917-8022　傳真：+886-2-2915-6275

出版日期　　2023年2月　BOD一版
定　　價　　360元

讀者回函卡

Printed in Taiwan

國家圖書館出版品預行編目

蝴蝶為花醉 / 詩作. -- 一版. -- 臺北市 : 要有光, 2023.02

面 ; 公分. -- (要青春 ; 105)

BOD版

ISBN 978-626-7058-75-6(平裝)

863.57 112000192